브루클린 책방은 커피를 팔지 않는다

브루클린 책방은 커피를 팔지 않는다

이지민 지음

정은문고

| 차례 |

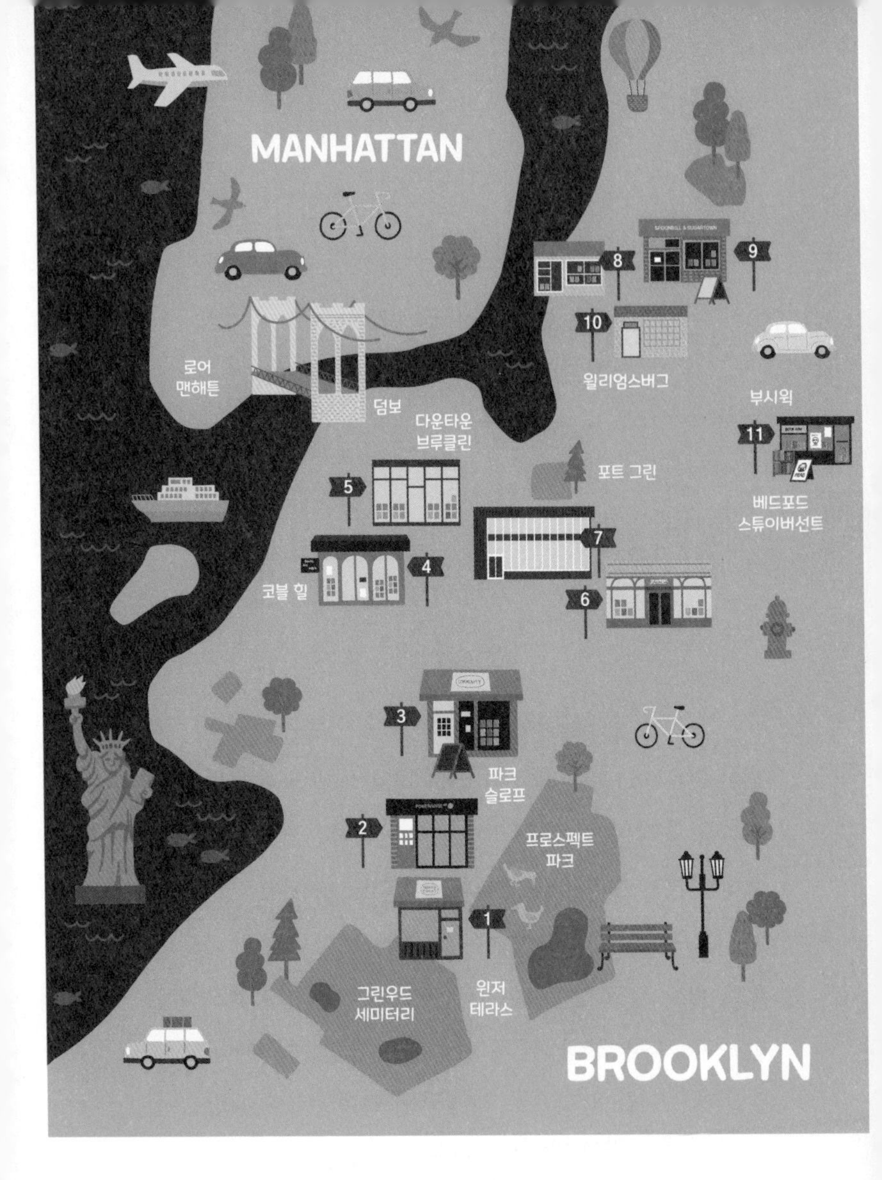
MANHATTAN
로어
맨해튼
덤보
다운타운
브루클린
윌리엄스버그
부시윅
포트 그린
베드포드
스튜이버선트
코블 힐
파크
슬로프
프로스펙트
파크
그린우드
세미터리
윈저
테라스
BROOKLYN
1
2
3
4
5
6
7
8
9
10
11

| 브루클린 책방 지도 |

브루클린 동네책방
그리고 책방 주인을 소개합니다

오늘도 동네책방에 간다. 책방에 머무는 시간은 기껏해야 30분. 코로나 때문에 15분 내로 제한하는 곳도 많다. 커피를 홀짝이며 책장을 한 장 한 장 넘길 게 아니고서야 그렇게 많은 시간이 필요하지 않을지도 모른다.

브루클린 동네책방들은 커피를 팔지 않는다. 커피도 팔고 차도 팔고 손수 만든 굿즈도 한가득 쌓아놓고 파는 한국 동네책방들과 달리 오로지 책에만 주력한다. 책을 판매하고 이를 중심으로 파생되는 활동만으로 책방은 살아 숨 쉰다. 그게 가능한 일임을 살아 있음으로 증명한다.

뉴욕에서 처음 만난 동네책방을 떠올리려면 2016년으로 거슬러 올라가야 한다. 당시 나는 한 아이의 엄마로서 나에게 얹힌 새로운 역할을 나름대로 잘 해내기 위해 버둥대고 있었다. 낯선 타지에 있음을 감각할 여유도 없이 일상은 쫓기듯 흘러갔고, 육아로 점철된 하루 가운데 조각 시간을 모으고 모아 책을 읽고 글을 옮기느라 바빴다.

그날도 그런 날이었다. 아이의 성질을 받아주며 간신히 오전 번역을 마친 뒤 아이 낮잠 재우는 일과를 수행하러 유아차 아래 노트북을 넣고 밖으로 나왔다. 어제가 오늘 같고, 오늘이 내일 같은 일상이었지만 그날따라 휑뎅그렁한 마음은 손에 들린 전자책 단말기로도 달래지지 않았다. 구글맵에 홀리듯 책방을 검색했다. 이 동네에 책방이 있을 리 없겠지만 혹시나 하는 마음으로.

그런데 눈앞에 마법처럼 아스토리아 북숍Astoria Bookshop이 떴다. 어제도 그제도 그곳에 있었을, 하지만 일상에 파묻혀 찾을 생각조차 하지 못한 동네책방이었다. 유아차를 끈 채 조심스레 책방 문을 열고 들어서니 내가 몰랐던 세상이 나타났다. 은은한 조명이 정갈하게 큐레이션된 책들을 비추었고, 머리 희끗한 주인이 기분 좋은 미소를 지었으며, 사람들이 책장을 넘기는 소리가 들렸다. 무엇보다 공간이 뿜어내는 온기가 느껴졌다. 잠든 아이가 깨면 이 마법과도 같은 순간이 깨질까 봐 조마조마한 마음으로 자그마한 공간을 헤맸다. 마치 아는 사람만 찾는 식당처럼 그동안 나만 몰랐던 걸까, 살짝 억울한 마음마저 들었다.

그때부터였다. 똑같은 책이 두세 권씩 꽂힌 개성 없는 대형서점보다 작더라도 자기만의 색깔을 지닌 책방이 좋아진 건. 그 후 원래 살던 퀸스에서 브루클린으로 이사하면서 책방을 통해 낯선 동네를 알아갔고, 좋아하는 책방도 하나둘 생겨났다.

그건 약간의 짝사랑과도 같아서 나는 여전히 동네책방에 들어갈 때면 서가 사이를 살금살금 돌아다니며 홀로 이 책 저 책 뒤적이기만 할 뿐이다. 책 좀 추천해달라며 주인장에게 말을 거는 일은 거의 없다. 동네책방에 발을 딛는 이유는 주위에서 들려오는 나지막한 목소리만으로도 충분하다. 더하자면 서가 하나 거리를 두고 타인과 함께하고 싶은 욕망이다. 동선이 겹칠 때 미소 지으며 서로 물러서는 정도의 부딪힘 말이다.

그러므로 나에게 좋은 동네책방이란 주인이 반갑게 맞이하되 책 읽는 모습을 모른 척해주는 곳, 잔잔한 음악이 흘러나와 주변 소음을 슬그머니 묻어주는 곳, 너무 눈

부시지는 않되 활자를 읽는 눈이 피로하지 않을 만큼 적당한 조명이 있는 곳이다. 그런 공간에서 책을 고를 때 커피는 오히려 방해가 된다. 쏟지는 않을까, 식지는 않을까 조바심칠지도 모르니.

가끔은 책이 있는 공간을 지키는 책방 주인 모습에서 언어를 옮기는 내 모습을 비춰보며 살아갈 힘을 조금 더 얻으려고 찾는 건 아닐까 싶다. 책이 돈 버는 일과 거리가 먼 시대에 자그마한 책방이 적자에 허덕이지는 않을까 걱정도 된다. 책방 역시 이윤을 남기기 위한 사업임이 분명하므로 단순히 아름다운 공간, 지역 주민의 쉼터라는 이타적인 공간으로만 머물 수는 없다.

그렇다면 브루클린 동네책방은 커피를 팔지 않고도 어떻게 10년, 30년, 심지어 50년 넘는 세월 동안 같은 자리를 지켜냈을까? 책 판매에만 힘 쏟는 브루클린 책방과 한국 책방은 어떻게 다를까? 우리에겐 없는 그들만의 전략은 무엇일까? 그러니까! 왜? 커피를 팔지 않는 걸까? 책방 주인과의 만남, 인터뷰는 바로 이 의문에서 시작됐다.

유행에 관계없이 자신만의 개성 넘치는 옷을 입고 다니는 뉴요커들처럼 브루클린 동네책방은 언제 가도 크게 다르지 않은 모습이다. 한쪽 구석에 살며시 놓인 아이든 스쿠터, 갓난아이를 아기띠에 품은 채 슬며시 책방 문을 열고 들어오는 젊은 아빠, 한쪽 서가에서 손님과 조곤조곤 깊은 대화를 나누는 직원. 열한 곳의 책방을 무심한 듯 슬쩍 둘러보며 나는 책과 사람, 사람과 사람을 이어주는 동네책방은 그곳을 찾는 사람들이 스스로 만들어가는 공간임을 오롯이 목격했다. 브루클린 동네책방은 '동네'에 자리한 책방이자 '동네' 사람의 책방이었다.

몇 번의 방문과 인터뷰로 사정을 전부 알 순 없기에, 내가 전하는 이야기에 담긴 어쩔 수 없는 한계를 인정한다. 다만 브루클린 동네책방을 아끼는 내 마음이 자신이 사는 동네의 책방을 아끼는 누군가의 마음과 크게 다르지 않을 테니, 그 마음만은 잘 전달되면 좋겠다.

자, 그럼 이제부터 시작해볼까.

Books
Are
Magic
HOUSE PLANTS
SPRING
Flower Garden

1장

핼러윈에 캔디를 나눠주는 책방,

테라스 북스Terrace Books

아이들에게 책을 많이 읽어주는 엄마는 아니었다. 하루의 공백이 생기면 아이들을 무릎에 앉히고 책을 읽어주는 다정한 엄마가 아니라, 내 책을 찾아 나만의 세계로 숨어드는 엄마였다. 책방에 갈 때마다 딸아이를 부지런히 데리고 다닌 건 그 때문인지도 모른다. 그렇게라도 부족한 엄마 자질을 채우고 싶었나 보다.

삐뚤어진 욕망일지언정 결과적으로 아이는 기특하게도 책을 좋아하는 사람으로 자랐다. 글을 모르던 시절부터 그림을 징검다리 삼아 제 능력껏 만들어낸 상상 속 세계에서 제 방식대로 책과 사랑에 빠졌다. 그러다 글자가 들어왔다.

"엄마, 이거 무슨 뜻이야? 어떻게 읽어?"

궁금한 게 많은지 요즘 들어 부쩍 질문이 늘었다. 읽고 싶다며 사달라는 책도 많다. 미국 학교 시스템의 장점이라면 뒤처지는 아이를 끌어올리는 데 주력한다는 점이다. 보충 수업 덕분에 점점 읽기에 자신감이 붙은 아이는 만만한 제 동생에게 큰 소리로 책을 읽어준다. 책방에 들어서는 아이의 뒷모습에서 요새는 어떤 결기마저 느껴진다. 브루클린 동네책방을 처음 방문하던 날 느낀 명랑한 기운과는 사뭇 다른 모습에 미묘한 성장을 감지했던 기억이 난다.

꼬꼬마 시절부터 지금까지 아이가 가장 많이 들른 책방을 꼽으라면 단연 네일숍과 부동산 사이 자그마한 공간을 차지하는 테라스 북스다. 4년 전 우리 둘이 처음으로 문을 열고 들어갔던 이 책방은 동전을 넣으면 덜컹덜컹 움직이는 알록달록한 말이 거리 곳곳에 서 있는, 시대를 초월한 풍경 한가운데 자리한다.

동네 이름은 윈저 테라스, 8년 전 남편을 따라 한국에서 뉴욕으로 덜컥 날아온 내가 처음으로 살고 싶다고 생각한 곳이다. 우아한 왕실을 떠올리게 하는 윈저 테라스라는 이름이 붙은 건 1854년으로, 브루클린 시내와 가까우면서도 어딘가 모르게 교외 느낌이 난다. 1980년대 들어 인근 지역에서 일어난 젠트리피케이션으로 새로운 인구가 유입되고 그들을 수용하기 위해 높은 건물들이 세워지기 시작하자 초고층 건물이 지어지는 것을 막으려고 공간 계획을 다시 수립한 덕분에 아직껏 낮은 건물들이 주를 이루는 아담한 마을 분위기를 유지하고 있다.

브루클린 동네책방 이야기를 써볼까 막연히 생각했을 때, 제일 먼저 떠오른 곳이 테라스 북스였다. 책이 생각나는 날 작정하고 발길을 주기도 했지만 마트에 가려다 약국에 가려다 슬쩍 들르던 곳이었다. 코로나 펜데믹 이후 한

책의 회전 주기가 비교적 빠른 쇼윈도는
밤이 되면 더욱 근사하게 빛난다.
마스크가 필수였던 코로나 시대의 책방.

동안 발걸음이 뜸했던 이 작은 책방을 아이 손을 잡고 오랜만에 찾았다. 간만에 찾은 책방이 반가워 쇼윈도 앞에 한참을 서 있자 아이가 어서 들어가자며 나를 잡아끈다.

"엄마가 여기 앞에서 책 보는 시간을 좋아하는 거 알잖아, 조금만 더 있다 들어가면 안 될까?"

아이는 대답 대신 설렘 가득한 눈으로 나를 올려다본다. 그렇다면 어쩔 수 없지.

출입문을 열고 들어가자 자그마한 얼굴의 책방이 제법 긴 몸통을 드러낸다. 동네 브라운스톤 집들을 닮아 복도가 길쭉한 구조다. 양쪽 서가는 신간과 중고 서적, 절판본으로 채워져 있다. 드문드문 보기 좋게 정면을 보고 누운 책들이 책방 분위기를 말해준다. 몇 년째 브루클린 동네 책방 베스트셀러인 이민진의 『파친코』는 물론 매들린 밀러의 『키르케』, 휴버트 셀비 주니어의 『브루클린으로 가는 마지막 비상구』도 보인다. 익숙한 책이든 처음 보는 책이든 그 앞에서 킁킁거리며 종이 냄새를 맡는 건 내가 책방에 들어서서 맨 먼저 하는 일이다.

아래쪽 서가까지 구석구석 훑느라 내 눈이 바쁜 사이 아이는 쪼르르 안쪽으로 달려간다. 안쪽 깊숙이 가장 아늑한 공간을 차지하는 아동 도서 코너를 향해. 그렇지, 너의 책은 저 안쪽에 있지. 작은 책방이라 어디에 서 있어도 아이가 보여 안심이다. 오랜만의 책방 나들이에 신난 뒷모습이 마냥 귀여워 가만히 바라보다가 책방지기가 있는 카운터로 향했다.

“혹시 『Perma Red』, 있나요?”

“음, 지금 재고가 없는데, 원하면 주문해줄 수 있어요.”

2002년에 출간된 소설이라 없을 줄 알면서도 괜히 한 번 물어봤다. 번역을 맡긴 출판사에서 곧 보내줄 텐데, 조금이라도 빨리 실물을 보고 싶은 마음이 앞서는 바람에. 마감이 끝나고 좀 쉬려는 차에 다른 작업 의뢰 메일을 받으면 반가운 마음과 징징대고 싶은 마음이 교차한다. 일거리가 끊이지 않음에 감사하면서도 모처럼 며칠 좀 쉬어보려는 내 마음도 모르고, 하는 간사한 마음이 그 위에 겹쳐진다. 이러다 일이 뚝 끊기면 초조해하겠지.

프리랜서 일이란 평정심을 유지하는 일이 업무의 절반이다. 그런 면에서 이 작은 책방을 지키는 저 남자의 마음이 궁금해진다. 당신도 나처럼 찾아오는 손님이 없을 땐 쓸쓸해지나요? 바쁘면 바쁜 대로 손님이 없으면 없는 대로 투덜대나요? 3년째 찾고 있지만 깊이 있는 얘기를 나눠본 적이 없다. 반쯤 이방인 행세를 하며 내가 필요한 때 이용만 했을 뿐 그의 마음을 헤아려보진 않았다. 브루클린 동네책방 이야기를 쓴다는 공식적인 핑계에 기대어 3년 만에 그와 안면을 텄다.

그의 이름은 닉. 공동 서점주 중 한 명인 스테파니 발데즈의 남편이다. 테라스 북스는 근처에 위치한 커뮤니티 북스토어의 분점으로 이 자리에 있던 헌책방, 바보스 북스 Babbo's Books를 대신해 2013년 새로운 이름을 달고 재탄생했다. 처음 문을 열었을 때만 해도 기존 헌책방처럼 중고 서적이 대부분이었지만, 지금은 중고 서적 코너의 비중이 많이 줄고 대신 신간이 늘었다. 당시 사진을 보면 지금과는 달리 서가가 듬성듬성하니 내가 아는 책방 모습과 사뭇 다르다. 시간이 흐르면서 책장도 바뀌고 그 안에 꽂힌 책도 풍성해졌다. 서가 한 편에 놓인 자그마한 디스플레이장 안을 들여다보자 조앤 디디온의 『제시된 가격대로 지불하라 Pay It as It Lays』와 플래너리 오코너의 『좋은 사람은 찾기 힘들다』 같은 절판본이 고이 모셔져 있다.

그 사이 무엇이 바뀐 것일까? 닉의 아내이자 공동 서점주인 스테파니에게 처음 책방을 인수했을 때와 지금 사이에 어떠한 변화가 있었는지 세세히 물어보았다.

"테라스 북스는 저에게 일종의 사이드 프로젝트였어요. 그래서 중고 서적, 희귀 서적도 취급하는 등 다양한 시도를 해봤지만 아이가 생긴 이후 시간 부족으로 본점인 커뮤니티 북스토어와 모습이 비슷해지고 말았죠. 중고 서적 수집은 개인적으로 좋아하는 일이라 저는 몇 개월에 한 번씩 원정을 가서 차 한가득 중고 서적을 매입해 오곤 했어요. 희귀 서적 거래에도 손을 댔는데, 2015년 콜로라도 고서 세미나에 참석한 것이 결정적인 계기였죠. 그때 이후로 희귀 고서 도서전에 참가하는 등 새로운 분야로 관심 범위를 넓혀 갔어요.
그런데 아이가 태어나고부터는 출장을 다니기가 쉽지 않더라고요. 기본적인 서점 업무만으로도 벅찼죠. 차로 하루 종일 돌아다니면서 책을 찾는 것보다는 아무래도 책상 앞에 앉아 천 권의 신간을 구입하는 일이 더 쉬울 수밖에요. 게다가 2020년 코로나 팬데믹이 터졌고 더는 돌아다니면서 책을 구입할 수 없게 되었죠. 그렇다고 중고 서적에서 아예 손을 뗀 건 아니에요. 이제 포스트 코로나 시대가 어느 정도 안정을 찾아가니 곧 중고 서적과 희귀 서적을 한바탕 들여놓을 생각입니다."

그랬다. 스테파니는 서점주이기 전에 나처럼 엄마였고

책방에 들어서면 왼쪽에는 중고 서적,
오른쪽에는 신간이 꽂혀 있다.
희귀본은 디스플레이장 안에
고이 모셔 둔다.

모든 워킹맘이 그렇듯 자신이 가진 시간을 쪼개 쓰느라 떠밀리다시피 선택을 내릴 수밖에 없는 순간들을 지나왔다. 어쩔 수 없는 상황들에 굴복하면서도 그 이상을 해내려고 아등바등했을 모습에 나의 지난날들이 포개졌다. 아이가 커가면서 자신의 시간이 보다 많아질 그녀, 그리하여 곳곳에 뿌려둔 작은 씨앗들이 비로소 발아할 그녀의 미래를 (실은 나의 미래를) 응원해본다.

"동네에 책방이 있고 없고는 큰 차이가 있다고 생각해요. 저희가 바보스 북스를 인수한 것도 그 이유였죠. 바로 근처에 살던 저희는 이 동네에서 책방이 사라지지 않길 바랐어요. 책방지기로서 테라스 북스를 중심으로 커뮤니티가 형성되는 모습을 지켜보며 정말 큰 보람을 느꼈어요. 커뮤니티 북스토어는 역사도 오래되었고 고객층도 탄탄했지만, 상대적으로 테라스 북스는 그렇지 않았거든요. 동네의 특성상 아동도서, 특히 신간 서적 주문량이 엄청난 것도 커뮤니티 북스토어와 다른 점이죠. 동네 아이들이 책과 함께 커가고, 책을 좋아하는 사람으로 성장하는 모습을 보는 것만큼 저희에게 값진 일은 없습니다."

책방을 운영하는 이들이라면 다른 업종과는 다른 일종의 사명감이 있기 마련인데, 그녀 역시 그럴지 궁금했다. 그런데 '동네'와 함께 커가는 책방, '동네'를 키우는 책방이라니! 진짜 '동네책방'이 맞구나 싶었다. 단골손님과 함께 만들어가는 테라스 북스는 책방이라는 물리적 공간이 주민들의 일상에 스며들어 있다. 이 책방의 주요 자산이자 생존을 뒷받침하는 큰 주춧돌은, 동네 주민들이다.

"다양한 사람들이 책을 사러 오지만, 주요 고객은 평소에도 책을 많이 읽는 이들과 자주 들르는 단골 가족들이에요. 걷고 말하고 읽게 되는 과정을 지켜본 아이들이 많아요. 10년 전 우리가 책을 추천했던 아이가 자라서 대학에 가기도 하고요. 저희는 수많은 손님과 장기적인 관계를 맺고 있어요. 그들이 좋아할 만한 책이 보이면 연락해서 알려주죠. 팬데믹 이전에는 다양한 연령대로 이루어진 북클럽을 운영했어요. 낯선 사람이나 다름없는 이들과 함께 책을 읽고 책과 관련된 의견을 주고받는 건 정말 근사한 경험이었죠. 아직 100퍼센트 원래 상태로 돌아가지는 못했지만, 다시 그날이 오기를 바라고 있습니다."

그날이 오면 나도 함께해봐야겠다. 함께 마주 앉아 누군가와 책 이야기를 나누는 시간이 얼마나 소중한 경험인지, 잃고 난 뒤에야 깨닫는 어리석은 나다.

끝으로 중고 서적을 들이는 기준에 대해 물으니 의외로 가벼운 대답이 돌아왔다. 표지가 흥미롭고 아름다운 책! 책의 물성을 누구보다도 중시하는 나이기에 정말 반가운 대답이었다. 그녀에게 중고 서적이나 희귀 서적 수집은 사적인 일이다. 외부에서 가치 있다고 정한 기준보다 개인적으로 흥미롭게 다가오는 책을 사 모은다. 최근 들어 사십대 젊은 여성이 희귀 서적 분야에서 새로운 수집가로 부상하고 있다는데, 그녀 역시 그러한 트렌드에 한몫하고 있는 게 분명하다.

나의 아이들도 이 책방과 함께 나이 들어가면 좋겠다고, 그러기 위해 동네 주민으로서 내가 할 수 있는 일이 무엇일까 생각하며 아이의 뒷모습을 가만히 바라보는데 뒤통수가 따가웠는지 아이가 휙 하고 돌아본다.

"엄마, 이거 봤어? 우리도 있잖아!"

아이의 손에 들린 책은 『미스 럼피우스』. 아이의 책장에도 있는데 이곳에서 만나니 뜨끔하다. 지인에게 받은 책과 길거리에서 주운 책들 가운데 꽂아만 놓고 아직 읽어

인근에 초등학교가 많아서 유아용 스테디셀러는 물론 단계별 읽기 자료가 풍부하다.
책들 사이에 놓인 자그마한 인형은 어린아이에게도 부모에게도 인기 만점!

주지 못한 책이 많다. 미안한 마음에 아이 옆에 앉았다.

『미스 럼피우스』는 아이들에게 커서 무엇이 되고 싶으냐만 묻는 세상에서 아이들에게 '어떠한 일을 하며 살고 싶은지'를 묻는 책이다. 미스 럼피우스는 화자의 이모할머니. 어린 시절, 앨리스(미스 럼피우스)는 할아버지 무릎에 앉아 어른이 되면 하고 싶은 일을 이야기한다. 아주 먼 곳에 가고 할머니가 되면 바닷가에서 살 거라고. 할아버지는 앨리스에게 "세상을 좀 더 아름답게 만드는 일"도 했으면 좋겠다고 말한다.

어른이 되어 세상을 여행하며 할아버지와의 약속을 지키며 살아가던 앨리스는 어느 날 할아버지와의 마지막 약속을 제대로 지키지 못했다는 생각이 든다. 이미 아름다운 세상을 더 어떻게 아름답게 만들지 고민하던 그녀는 허리가 아파 온종일 침대에 누워 있다가 침실 창문 밖으로 파란색, 보라색, 분홍색 루핀이 피어 있는 모습을 본다. 바람이 한 일을 알게 된 그녀는 미친 노인네라는 동네 사람들의 조롱에도 아랑곳하지 않고 그 후로 동네 곳곳에 꽃씨를 뿌리러 다닌다. 그리하여 마을은 루핀 꽃으로 가득해진다. 들판도, 언덕도, 고속도로도, 시골길도 환한 꽃밭이 된다.

'나'는 이모할머니에게 말한다. 이담에 크면 아주 먼 곳에 가고 할머니가 되면 바다에 돌아와 살 거라고. 할머니는 말한다. 한 가지 할 일이 더 있다고. 세상을 조금 더 아름다운 곳으로 만드는 일이다. 하지만 '나'는 어떻게 그렇게 할 수 있을지 아직 모른다. 지금은 모르지만 미스 럼피우스가 그런 것처럼 '나' 역시 언젠가 스스로 알게 될 테니 나의 혼잣말은 결국 우리를 향한 질문이다.

며칠 전 아이가 커서 되고 싶은 직업에 대해 아빠와 이야기를 주고받다가 나에게 와서 물은 적이 있다.

"엄마는 뭐가 되고 싶어?"

"하하. 엄마는 글쎄, 지금 하는 일이 좋은데? 그런데 꼭 뭐가 되어야만 하는 건 아니야."

더 멋진 답변을 해주고 싶었지만 내 안에 준비된 답이 없었다. 아이가 자라는 속도는 엄마인 내가 자라는 속도보다 늘 한발 빠르다. 『미스 럼피우스』를 읽으며 알았다. 아이에게 뭐가 되고 싶은지가 아니라 무엇을 하고 싶은지를 물었어야 했음을. 그 무엇에 반드시 직업이 들어가야 하는 건 아님을. 이 책을 아이와 함께 읽으며 말해줘야겠다고 다짐했다. 세상을 아름답게 만들기 위해 네가, 내가, 우리가 할 수 있는 일을 이야기해보자고.

지은이인 바버러 쿠니는 이제 세상에 없다. 하지만 그녀가 태어난 해로부터 100년이 훌쩍 지난 뒤에 태어난 아이들은 그녀가 남긴 책들을 읽고 있다. 이 얼마나 아름다운 일인가. 나는 사라지지만 내가 남긴 이야기는 시간 밖으로 흘러나와 새로운 세대의 손에 다다른다. 나와는 다른 어린 시절을 보낼 아이와 나를 연결해줄 끈 또한 이야기가 되겠지. 우리는 앞으로 얼마나 많은 이야기를 나누게 될까. 그 이야기는 또 어디까지 흘러갈까.

바버러 쿠니는 삽화 작업을 위해서라면 그림 배경이 될 땅과 풍경을 찾아가는 수고를 아끼지 않았다. 등장인물의 머리 모양이나 의상뿐만 아니라 풍경과 건물 세트까지 직접 만들어보았다. 잔잔하면서도 섬세하고 따뜻한 화풍은 이토록 치열한 노력의 결과였다. 그랬기에 100년이 지난 지금까지도 우리 마음을 흔들겠지. 테라스 북스가 자리한 곳에서 그다지 멀지 않은 브루클린 하이츠에서 나고 자란 바버러 쿠니를 생각하며 그녀가 쓴 또 다른 그림책 『최고로 멋진 크리스마스트리』를 찾아들고 계산대로 향하는데 뒤따라오던 아이가 묻는다.

“엄마, 그거 내 책이야, 엄마 책이야?”

눈치챘구나. 집에 가서 아이 눈치 좀 보다가 내 책장에 꽂아두려 했건만. 아이는 언제나 나보다 한발 앞선다.

별다른 특징 없는 자그마한 책방, 테라스 북스가 10년째 건재하는 이유가 책을 많이 읽는 동네 주민 덕분이라 생각할지도 모르겠다. 그래서 잠시 생각해봤다. 이 책방을 한국의 평범한 주택가에 옮겨놓아도 장사가 잘될까? 커피도 팔지 않고 아기자기한 굿즈로 고객을 끌어들이려는 노력도 하지 않는데? 지금 하는 일을 그곳에서도 계속한다면 승산이 있지 않을까 싶다. 사진만 찍고 빈손으로 나가는 손님이 아니라 장기적으로 책방을 찾을 동네 주민들을 위한 일이다.

테라스 북스는 일요일 11시마다 동네 아이들을 위한 스토리타임을 연다. 인근 학교의 수업에도 시간을 내어준다. 아이들은 책방으로 현장 견학을 오고 책 속 캐릭터처럼 분장한 채 저자와의 만남을 기다린다. 핼러윈에는 핼러윈 복장을 한 직원들이 밖으로 나와 아이들에게 캔디를 나눠준다. 동네 주민을 위한 책방이 어떠한 모습인지 이 책방을 보면 알 수 있다.

이런 테라스 북스도 코로나로 하루 사망자가 몇백 명에 이를 때는 문을 닫아야 했다. 묵묵히 견디며 숨죽였을 그 시간을 애써 기억해본다. 내 가족만 챙기느라 헤아리지 못

헬러윈 복장을 하고 캔디를 나눠주는 부부.
코로나가 터지기 전에는 매주 일요일 책방 안에서 스토리타임이 열렸다.

했던 시간이 이제야 보인다. 책방 문을 닫았어도 책들은 그 자리에 있었겠지. 책들이 외롭지 않게, 답답하지 않게 누군가는 먼지를 털어주고 자리를 조금씩 옮겨줬겠지. 복도를 가만히 거니는 동안 그 모습이 허공에 그려진다.

이제 그만 나설 시간이다. 내 손에는 어느덧 리베카 솔닛의 『오웰의 장미Owell's Rose』가 들려 있다. 쇼윈도에서 보자마자 사야겠다고 마음먹은 책이다. 리베카 솔닛의 다른 책들과는 달리 이번에는 표지가 근사하다. 내가 아는 오웰은 『동물농장』과 『1984』를 쓴 작가일 뿐인데, 장미를 심은 열정적인 정원사로서의 오웰은 어떠한 사람일까. 리베카 솔닛이 자기만의 목소리로 들려줄 오웰 이야기가 궁금해 벌써 손가락이 근질거린다.

입구에 자리한 책장을 흘깃 보니 온라인으로 주문받은 책들로 빼곡하다. 주중 낮이라 비교적 한산하지만 전화벨 소리가 책방 안을 가득 메운다. 책을 문의하는 전화, 주문하는 전화다. 책장이여 더 꽉 차기를, 전화벨이여 계속해서 울리기를, 주문처럼 중얼거린다. 동네 아이들을 위해 스토리타임을 진행하고 핼러윈에 캔디를 나눠주는 책방이라면, 이 거리에서 절대로 사라져서는 안 된다. 엄마인 나는 아이의 추억을 지켜주고 싶다. 그러니 책방은 계속 그 자리에 있어야 한다. 그건 나를 포함한 동네 사람들의 몫이다.

며칠 후 한국 출판사에서 보낸 『Perma Red』 원서가 집에 도착했다. 세피아 색을 입은 표지에 '우먼 라이팅 웨스트 수상작'이라는 금딱지가 떡하니 붙었다. 소녀와 여성을 지지한다는 단체의 취지가 마음에 들었다. 이제 이 책을 잘 옮겨 한국 독자들 앞에 차려내는 것이 나에게 주어진 몫.

아까 스테파니와 나눴던 대화가 떠올랐다. 작은 책방이라 온갖 책을 다 쌓아놓을 수는 없지만 좋은 책은 결국 독자들이 자주 찾고 그러다 보면 책방에 들여놓게 된단다. 내가 번역하는 이 소설이 한국 독자들이 자주 찾는 책이 되어 한국의 어느 동네책방에서도 찾아볼 수 있기를, 조금은 애틋해진 마음으로 번역을 시작했다.

" 동네 아이들이 책과 함께 커가고,
책을 좋아하는 사람으로
성장하는 모습을 보는 것만큼
저희에게 값진 일은 없습니다. "

테라스 북스Terrace Books

주소: 242 Prospect Park West, Brooklyn, NY 11215

홈페이지: communitybookstore.net

운영 시간: 오전 11시~오후 5시(월-일)

2장

우연을 꿈꾸게 하는 곳,

파워하우스 온 에잇스Powerhouse on 8th

작가 프랜 레보위츠는 마틴 스코세이지 감독의 다큐멘터리 <도시인처럼Pretend It's a City>에서 말한다.

"뉴욕에서 살 수 있는 사람은 없어요. 그렇지만 800만 명이 살고 있어요. 다들 어떻게 살 수 있는 거죠? 누군들 알겠어요!"

다른 이들은 어떤지 모르겠으나 우리 집의 사정은 이렇다. 작년 초 생활비를 절약하려고 TV를 끊었으며(한 달에 90달러), 보험료(한 달에 900달러)를 줄이려고 아이들 보험만 주에서 지원하는 저렴한 보험으로 바꾸었다. 뉴욕살이는 쉽지 않다. 굳이 『모든 것에 안녕Goodbye to All That』(록산 게이, 레베카 울프, 엠마 스트라우브 등의 작가들이 쓴 에세이를 모은 책으로 뉴욕을 떠난 이들의 뉴욕을 향한 그리움, 악착같이 남은 이들의 변명이 담겨 있다)을 통해 확인하지 않아도 많은 이들이 코로나 때문에, 아니 그전에도 뉴욕을 떠났고 지금도 떠난다. 유학 온 학생들은 물론 재택근무가 새로운 일상으로 자리 잡으면서 굳이 생활비 비싼 뉴욕에 머물 필요가 없는 직장인들도 떠났다.

우리 가족은 남기로 했다. 가장 큰 요인은 아이 학교 때문이었으나, 내가 가족들에게 말하지 못한 또 다른 이유가 있으니 그건 바로 걸어서 갈 만한 거리에 점점이 박힌 동네책방들이다. 고즈넉한 브라운스톤 사이로 말간 얼굴을 하고 앉아 있는 파워하우스 온 에잇스도 그중 하나다. 방구석에 처박혀 온종일 딱딱한 책을 번역하다 문득 말랑말랑한 책이 그리워질 때, 오늘은 또 어떠한 인형이 새로 들어왔나 불현듯 궁금해질 때 에코백 하나 달랑 메고 집을 나서게 만드는 책방이다.

브루클린에 이삿짐을 푼 날은 8월이었다. 가만히 있어도 땀이 주르륵 흐르는 무더운 8월, 짐을 풀고 저녁 무렵 동네 산책에 나섰더랬다. 눈앞에 브라운스톤 주택들이 끝도 없이 펼쳐졌다. 그 너른 풍경 앞에 뉴욕에 온 이후 처음으로 여유란 걸 느꼈다. 누구든 가져갈 수 있도록 집 앞 계단에 안 보는 책들을 가지런히 세워둔 동네라니. 생각도 못 한 호의에 마음이 한없이 말랑해졌다. 그 책들을 보물찾기 하듯 주워 담으며 기분 좋은 산책을 이어갈 즈음 눈앞에 신기루가 나타났다. 어스름한 밤거리에 은은한 조명을 입고 선 이 자그마한 책방은 신기루가 분명했다. 그 안으로 걸어 들어간 순간 이 책방은 언제고 나에게 신기루의 이미지로 기억되리라고 예감했다.

두 해가 지났고 예전과는 다른 여름이 찾아왔다. 뉴욕에 와 처음으로 나만의 책상을 샀으며 꽤 많은 책을 번역

했지만 책방에는 가지 못했다. 전 세계를 휩쓴 바이러스로 브루클린 책방들은 전부 문을 닫고 말았다. 내 세상의 일부가 잠시 사라졌다. 책방 문을 열고 들어가 냄새를 맡고 책을 집었다 내려놓기를 반복하며 그중 일부를 계산대로 들고 가는 일상적인 일들은 필수적이지 않은 일로 치부되어 우리의 하루에서 소리 없이 사라졌다. 그해 여름 우리 가족은 또 한 번 이사를 했다. 새로 이사한 집은 해가 잘 들지 않았다. 낮에도 깜깜한 새집에서 겨울 내내 일에 파묻혔다. 겨울잠 같은 시간이 지난 뒤 잠깐의 봄이 찾아왔고 다시 새로운 여름이 왔다.

"엄마, 일 다 했어?"

"응? 그렇긴 한데……."

"나 재미있는 데 가고 싶어!"

"응? 밖에 엄청 더운데."

"자전거 타고 나갈래!"

"……."

날도 더운데 땀나게 자전거는 왜 타니, 집에서 시원하게 있지, 라는 말이 목구멍까지 차올랐지만 간신히 참았다. 엄마가 된다는 건 아이의 욕망과 나의 욕망을 끊임없이 저울질하는 일이다. 아이의 욕망에 져주자 싶으면서도 자신의 욕망을 끝내 포기하지 못한 나는 두 욕망의 절충지인 책방을 목적지로 정했다. 파크 슬로프 브라운스톤 사이, 8번 애비뉴, 11번과 12번 스트리트 사이에 자리한 파워하우스 온 에잇스로. 잊고 있던 나의 신기루로.

힘들다는 아이 때문에 결국 자전거를 끌고 가던 내 등은 금세 땀으로 흠뻑 젖고 만다. 그런데 태양과 사투를 벌이며 도착한 책방 입구가 왠지 싸하다. 홀로 책방을 지키던 이가 늦은 점심을 먹으러 나갔는지 문이 굳게 닫혀 있다. 다행히 책방 앞에 누군가 놓고 간 헌책과 장난감이 한가득이다. 20분 정도 기다렸을까, 길 건너편에서 한 여인이 우리를 향해 헐레벌떡 뛰어온다. 서두르지 말자 하면서도 발은 이미 그녀 뒤를 바짝 쫓는다.

까만 테두리를 단 큼지막한 창문에 잔뜩 붙은 아기자기한 카드, 그 너머로 보이는 책과 인형들. 덤보에 위치한 유명한 책방, 파워하우스 아레나Powerhouse Arena의 분점답게 파워하우스 온 에잇스는 시원하게 뚫린 창이 지나가는 이의 시선을 사로잡는다. 음악은 흘러나오지 않지만 하나같이 자기주장이 강한 책들이 내는 소리가 요란하다. 벽면 곳곳에 걸린 상상력 넘치는 다양한 그림, 반짝이는 타일 천장, 샹들리에가 빚어내는 그윽한 분위기가 그 요란한 소리를 품어준다.

입구 가까운 책장과 진열대는 언제나 뉴욕이나 브루클린 이야기를 담은 책들이 차지한다. 오래된 사진집도 보이고 소설이나 인문서, 아이들 그림책도 보인다. 뉴욕이라는 하나의 주제 아래 장르 구분 없이 옹기종기 모여 있는 모습이 명절을 맞아 대가족이 모여 있는 풍경 같기도 하다. 내가 사는 동네지만 알지 못하는 모습이 많다. 요새는 책방에만 가면 『브루클린이 퀴어 동네였을 때When Brooklyn Was Queer』가 눈에 띈다. 1850년대부터 오늘날까지 브루클린의 잊혀진 퀴어 역사를 담은 책이다. 또 입구를 중심으로 왼편 키 낮은 서가에는 토니 모리슨과 메리 올리버 같은 작가들이 쓴 에세이나 시집이, 오른편 서가에는 소설 위주로 세계 문학이 자리한다.

소설을 지나 요리책이나 인테리어책까지 훑고 나면 여기서부터 아이들을 위한 공간이라는 표식인 콘크리트 계단이 나타난다. 키 낮은 책장에 연령대별 책들이 갖가지 모양새로 꽂혀 있거나 누워 있다. 계단 위로 쪼르르 올라가는 아이의 뒤꽁무니를 쫓다가 몸을 돌려 다시 입구 쪽으로 향한다. 이곳 역시 작은 책방이라 아이를 잃어버릴까 염려하지 않아도 된다. 아이가 자신만의 세계에 빠진 동안

아기자기한 타일로 장식된 천장과 따뜻한 벽돌 벽.
지나가는 이들을 사로잡기 충분한 창문에 붙은 카드.

허락된 나의 시간을 조마조마한 마음 없이 충분히 누릴 수 있다.

토니 모리슨의 원서를 처음 만난 건 이 책방에서였다. 2019년 토니 모리슨이 88세의 나이로 뉴욕의 한 병원에서 삶을 마쳤을 때 동네책방에만 들어가면 그녀의 책이 잘 보이는 곳에 전시되어 있었다. 퓰리처상 수상작인 『빌러비드』를 읽은 뒤 충격에서 빠져나오지 못하던 참이었다. 딸에게 노예라는 운명을 물려줄 수 없어 자기 손으로 딸의 목숨을 끊은 이야기는 실화를 바탕으로 한 서사만으로도 충격적이었지만 책을 덮은 뒤에도 한동안 귓전을 울릴 만큼 화자의 목소리 또한 강렬했다. 알코올중독, 강간, 근친상간, 살인 등 흑인들이 처한 현실이 가감 없이 담긴 다른 작품들 역시 그녀의 세계관을 더욱 궁금하게 만들었다. 그날 책방에서 산 『보이지 않는 잉크』에는 답이 담겨 있었다.

작년 초 한국에서도 출간된 이 에세이에서 토니 모리슨은 "자신의 문화에 대한 명료한 이해가 없을 경우 어떤 정점에 오르든 고독하게 살게 되고 어떤 길을 걷든 막다른 골목에 이르게 된다"고 말한다. "우리가 사랑하는 것들을 보살피고 돌보려면 그것이 무엇인지 아는 것이 핵심"이라는 말에서 그녀의 작품관이 엿보인다. 결국 그녀가 쏟아낸 모든 작품은 사랑하는 대상을 정확히 이해하기 위한 시도였다. 소설의 시작은 기억을 바탕으로 하지만 어렴풋하고 형언하기 힘든 그 기억을 재구축하기 위해 토니 모리슨은 자전적 서사를 채우고 보완한다. 거짓을 말하지 않으려는 책임을 안고 소설의 진정성을 향해 달려간다. 이토록 처절한 검증 과정을 거친 그녀의 작품은 공교롭게도 주류 흑인 사회로부터, 그러니까 흑인 남성들로부터 큰 비난을 받기도 했다. 흑인 여성이 겪는 이중 차별에서 그녀 역시 자유로울 수 없었다.

랜덤하우스 출판사에서 편집자로 일하다가 문학에 도전했을 때 토니 모리슨은 마흔을 눈앞에 두고 있었다. 이혼 후 혼자서 아들 둘을 키워야만 했기에 글만 쓸 수 없었던 그녀. 엄마라는 역할에서 자유롭지 못한 작가들이 그렇듯이 동트기 전, 아이들이 엄마를 찾기 전 시간을 이용해야만 했다. 흑인 여성 작가를 좀처럼 찾아보기 힘든 1970년대 이후부터 꾸준히 소설을 선보이며 1993년 흑인 여성 최초로 노벨문학상을 수상한 토니 모리슨에게 글쓰기는 가장 강력한 삶의 무기였다. 세간의 이목이 집중되며 '중심부'에 위치한 백인들이 자신들에 대해 써도 좋다고

시원하게 뚫린 정면 창문가에는
인기 있는 소설들이 누워 있다.
입구 근처에 진열된 카드와 문구류.

회유하자 그녀는 주변부에 머물면서 중심부가 자신을 찾도록 할 거라고 당당히 받아쳤다.

토니 모리슨은 아들과 함께 『네모 상자 속의 아이들』, 『누가 승자일까요?』 같은 동화책을 쓰기도 했다. 『네모 상자 속의 아이들』은 아들이 겪은 일을 바탕으로 한 책이다. 그녀는 이 책을 통해 어린이는 어른들에게 인정받으려 애쓰기보다는 내면의 기쁨을 누릴 수 있어야 한다고 말한다. 작가이자 엄마로서의 생각을 담아냈을 이 책은 "당신이 읽고 싶은 책이 있는데, 아직 쓰인 게 없다면 당신이 써야만 한다"라는 그녀의 말이 실현된 또 다른 예라 하겠다.

토니 모리슨의 책을 지나친 나의 눈은 자연스럽게 야 지야시의 『초월적인 왕국Transcendent Kingdom』을 훑는다. 토니 모리슨의 『솔로몬의 노래』에 영향받아 작가가 되었다던 야 지야시는 현재 미국에서 가장 주목받는 젊은 소설가로 『밤불의 딸들』로 데뷔했다. 가나에서 태어나 두 살 때 미국으로 이주한 그녀는 성인이 되어 처음으로 가나를 방문한 뒤 영감을 받아 첫 소설을 쓴다. 한동안 어느 책방에 가도 『밤불의 딸들』이 가장 잘 보이는 매대에 놓여 있었다. 스물여섯 살에 선보인 데뷔작이 300여 년이라는 시간 동안 7세대에 걸쳐 아프리카, 유럽, 아메리카 세 대륙을 아우르는 방대한 서사를 담아냈으니 정체성을 늘 화두로 삼는 미국 문학은 이 어린 작가에게 주목할 수밖에 없었다. 『밤불의 딸들』은 2019년 BBC가 선정한 '우리 시대를 빚어낸 100권의 책' 정체성 부문에 오르기도 했다. 열네 명 가족 각자의 처절한 삶은 아프리카계 미국인으로서 야 지야시가 치열하게 고민했을 정체성을 향한 성찰 그 자체라 하겠다. 그녀의 소설 속에서 토니 모리슨이 읽힌다고 느낀 건 나뿐만이 아니었을 터. 이 젊은 작가가 토니 모리슨이 개척한 길을 이어 나가기를 바라는 사람 역시 나뿐만은 아니리라.

야 지야시가 4년 만에 내놓은 『초월적인 왕국』은 전작에 비해 굉장히 좁은 공간을 배경으로 설정한다. 아들에게 더 큰 세상을 안겨주기 위해 가나에서 미국으로 이민 온 부모 그리고 미국에서 태어난 주인공. 그녀는 약물중독으로 사망한 오빠와 오빠의 죽음 이후 정신을 놓은 엄마를 이해하기 위해 신경과학을 공부하며 신과 과학 사이에서 끊임없이 질문을 던진다. 차별을, 중독을, 상처를, 아픔을 이야기한다는 점에서 전작과 결이 같지만 대하소설 같던 전작과는 달리 이번 책은 일상에서 벌어지는 일상적이지 않은 일들을 이야기한다. 집과 실험실 두 공간만을 오가며 과거를 회상하고 집요하게 답을 찾는 모습이 답답하게 느껴지기도 하는데, 미국에서는 전작 만만치 않은 인기를 누리고 있다.

나에게 흑인이라는 인종은 어렵다. 백인을 사이에 둔 채 흑인과 아시아인은 서로를 이해하기도 하고 서로를 차별하기도 한다. 이민 사회에서 차례대로 혐오의 대상이 된 우리 사이에는 보이지 않는 장막이 있다. 그럼에도 이러한 책을 읽을 때면 같은 이민자로서 겪는 아픔이 크게 다가와 "최선을 다해 타자를 상상(『보이지 않는 잉크』, 토니 모리슨)"하고 싶어진다. 미국에서 『초월적인 왕국』이 큰 반향을 일으키는 지점 역시 그 부분일 터. 저마다 다른 정체성을 찾아가는 이야기, 고통에서 끝나지 않고 다시 일어나서 다른 무언가로 승화시키는 이야기는 미국에서 가장 사랑받는 이야기니까. 다음번에는 그녀 안에서 또 어떤 이야기가 나올까. 이 젊은 작가의 내면에 차곡차곡 쌓일 시간의 단층선을 살짝 들여다보고픈 욕망이 조심스레 고개를 든다.

동네책방 파워하우스 온 에잇스는 2006년 덤보에 문을 연 파워하우스 아레나의 두 번째 지점으로 2010년에 문을 열었다. 2020년에는 이 동네에서 멀지 않은 인더스트리 시티에 세 번째 지점이 생겼다. 자그마한 가족 사업이라 하기에는 규모가 꽤 크다. 큰 성공을 거둔 파워하우스 아레나에 만족하지 않고 계속해서 새로운 지점을 낸다는 건 주인장이 이 일을 정말 좋아한다는 뜻이겠지. 독일, 벨기에, 파리에서 유년을 보내고 소더비즈와 프랑스 예술 출판사에서 일하다가 2000년 뉴욕으로 건너온 수잰 퀘니그가 책방 사업을 하는 이유, 이 일에서 가장 좋아하는 부분이 무엇인지 궁금했다.

"다른 이들을 위해 무언가를 한다는 사실이 저에게는 중요해요. 저는 사람들을 위해 행사를 주최하고 요리를 하는 것을 정말 좋아해요. 작가를 초대해 무언가 색다른 이벤트를 벌이는 것은 흥미로운 일이죠. 제가 개인적으로 좋아하는 일로 제 경력을 일군다는 사실이 제가 책방 운영에서 가장 좋아하는 부분입니다."

누군가에게는 단순한 일로, 귀찮은 일로 여겨지는 행사 운영이 그녀에게는 가장 좋아하는 부분이라니. 책이 좋아서, 라는 어쩌면 너무 빤한 대답이 먼저 나올 줄 알았는데 의외의 대답에 놀랐다. 책방이 저마다 다른 모습으로 존재하는 것처럼 그 공간을 운영하는 책방지기 역시 다름을, 그것이야말로 동네책방의 가장 큰 특징임을 깜빡했다. 그런데 덤보라는 관광지에 문을 연 파워하우스 아레나와는 달리 파워하우스 온 에잇스는 왜 굳이 조용한 주택가인 파크 슬로프 한복판에 자리를 잡았을까?

"1997년 7번가에 반스 앤 노블이 문을 연 이후 파크 슬로프에 문을 연 독립서점(미국의 독립서점independent bookstore, indie bookstore은 반스 앤 노블 같은 체인점과 달리 개인이 소유한 서점을 의미하며 대부분 한 지점이 운영되지만 경우에 따라 여러 지점이 존재하기도 한다)은 없었어요. 하지만 저는 이 동네가 책을 사랑하는 이들이 넘치는 곳이라는 확신이 있었습니다. 파크 슬로프에 책방 문을 열기로 결심했을 때 저희 부부 역시 이 동네에 살면서 아이들을 키우고 있던 터라 이곳 문화를 누구보다 잘 알았거든요.

공간 규모가 그렇게 크지도 않은 데다 (원래 여기에는 비디오 대여점이 있었어요) 반스 앤 노블과 경쟁하기 위해 저희는 '적을수록 더 좋아less is more' 전략을 취했어요. 반스 앤 노블보다 그리고 파워하우스 아레나보다 재고가 적을 수밖에 없으니 큐레이션에 보다 집중해야겠다고 생각했죠. 동네 사람들 취향에 맞춰 청소년, 아동서, 생활양식이나 요리, 인테리어 등에 주력했습니다."

확실히 파워하우스 온 에잇스는 덤보의 아이콘이 된 파워하우스 아레나와는 분위기가 다르다. 양보다 질을 우선으로 했을 주인장이 선별한 책이 뿜어내는 아우라가 있다. 그렇다면 코로나 팬데믹은 책방에 어떠한 변화를 가져왔을까? 포스트 코로나 시대의 파워하우스 온 에잇스는 어떠한 모습일까?

"포스트 코로나 시대가 저희 책방에 가져온 가장 큰 변화라면 온라인 판매를 시작하게 되었다는 거예요. 미국서점협회의 전자 상거래 플랫폼인 인디커머스indiecommerce.org를 활용해 책방 홈페이지에서 쉽게 책을 주문할 수 있도록 했거든요. 덕분에 고객들은 책이나 굿즈를 곧바로 온라인으로 살 수 있고, 저희는 파워하우스 온 에잇스만의 개성이 담긴 큐레이션 상품들을 업데이트하며 코로나 시대에 단절됐던 고객과 소통할 수 있었죠. 또 고객들이 책방을 방문했을 때 느꼈던 분위기를 온라인에서도 느낄 수 있도록 다양한 프로그램과 이벤트를 진행하려고 애씁니다. 비로소 포스트 코로나 시대에 제대로 안착하고 있는 듯한 기분입니다."

브루클린의 모든 동네책방이 코로나 위기로 타격을 받았지만 온라인 주문 시스템이 잘 갖춰진 곳은 그렇지 않은 곳에 비해 상대적으로 빨리 새로운 시대에 적응했다. 파워하우스 온 에잇스는 비교적 뒤늦게 온라인 사이트에 공을 들인 경우다. 그동안의 피로감이 느껴졌지만 이제는 포스트 코로나 시대에 나름대로 연착륙을 한 것 같아 다행이다.

파워하우스 온 에잇스는 동네 작가들이 주축이 되는 행사가 1년 내내 열리는 곳으로도 유명하다. 진정 동네 작가를 위한, 동네 작가에 의한 책방인 셈이다. 브루클린에서 활동하는 작가들이 신간을 출간하면 대체로 이 책방에서 가장 먼저 온오프라인 행사를 갖는다. 코로나가 터지기 전 이웃 주민인 염혜원 작가가 신간 『똑똑한 작은 마녀 Clever Little Witch』를 읽어주는 행사를 한다기에 아이들을 데리고 참석했던 기억이 난다(글은 다른 작가가 썼으며 염혜원 작가는 그림을 그렸다).

책방이자 미니 갤러리, 커뮤니티 공간으로 이용되는 파워하우스 온 에잇스는 육아 매체 레드 트라이시클Red Tricycle에서 선정한 뉴욕의 10대 독립서점에 당당히 오르기도 했다(순위에 오른 다른 책방으로는 '북스 아 매직, 북 컬처, 북스

오브 원더, 뱅크 스트리트 북스토어, 라 리브라리에 데 앙팡스, 그린 라이트 북스토어, 스트랜드 북스토어, 아스토리아 북숍, 에브리싱 고즈 북 카페 앤드 네이버후드 스테이지'가 있다).

자신이 사는 주택가에 문을 연 동네책방에 들렀다가 책들이 너무 어려워 발걸음을 돌렸다는 얘기를 들은 적이 있다. 한편 동네책방이 잡지나 참고서만 잔뜩 팔아 읽을 만한 책이 없다고 불평하는 사람도 봤다. 책방 주인의 취향과 손님의 취향 사이에는 이루 말할 수 없는 간극이 존재할 수밖에 없다. 둘 사이의 온도 차이를 잘 조절하는 일 또한 동네책방의 일 아닐까. 동네 주민들에게 한 발 더 다가가기 위해 적당히 힘을 뺀 파워하우스 온 에잇스에서 작은 힌트를 얻는다.

아무리 유명한 책방이라도 새로운 지점을 열 때는 새로운 책방을 연다는 마음으로 임해야 한다는 수잰. 파워하우스 온 에잇스에서는 파워하우스 아레나를 한가득 메운 예술 서적은 찾아볼 수 없다. 동네 주민들의 취향을 반영해 소설과 인테리어, 요리 분야에 주력한다. 파워하우스라는 브랜드의 특징은 지키되 동네와 동네 주민을 우선시하는 큐레이션이 돋보인다. 잘 아는 동네를 선택한 것 또한 그러한 전략의 일환이었을 테다.

연령대별로 알차게 꾸며진
아동 도서 코너.
책방 벽면 곳곳은 갤러리로 이용된다.

한국에서도 반짝 뜨는 동네가 아니라 자신이 오랫동안 살아서 잘 아는 동네에 책방을 여는 젊은 책방지기들이 등장하고 있다는 반가운 소식을 들었다. 홀로 우뚝 선 섬이 되기보다는 동네 주민과 상부상조하는 관계로 존재하기를, 그리하여 언제 찾아도 그 자리를 지키는 책방이 된다면 좋겠다.

이제 슬슬 나가야 할 것 같은데 아이는 아직도 독서 삼매경이다. 바스키아와 마틴 루서 킹 책을 놓고 고민하고 있다. 학교에서 바스키아의 작품을 배웠는지 나에게 바스키아 아냐고 몇 번을 묻더니 바스키아도 자기처럼 그림을 좋아했다고 조잘대는 아이. 엄마가 번역한 책에도 바스키아가 나왔단 걸 넌 모르지. 아빠에게도 쪼르르 달려갔다 오더니 "엄마, 아빠는 바스키아 몰라." 모녀끼리 모종의 킥킥거림을 주고받으며 자연스럽게 바스키아의 그림 이야기로 넘어갔었는데 그때가 생각났나 보다. 그렇담 오늘은 바스키아 책으로? 그런데 마틴 루서 킹 책을 들여다보는 아이의 눈빛이 심상치 않다.

"엄마, 마틴 루서 킹 알아?"

"그럼!"

"정말?"

"정말!"

아이의 믿을 수 없다는 표정 위로 아이가 적어놓은 꿈이 살포시 얹힌다. 얼마 전 아이의 친한 친구 엄마가 교실 복도에 붙은 아이의 꿈을 찍어서 보내준 적이 있다. 그 안에는 또박또박 영어로 쓴 아이의 꿈이 담겨 있었다.

"My dream is to have fun with my friends."

살짝 뭉클해지는 꿈, 어쩜 우리 모두의 꿈. 코로나 시대를 건너는 지금 더욱 각별해진 꿈이다. 그리하여 오늘은 마틴 루서 킹의 승리다. 아이 책도 골랐겠다, 이제는 내 책을 고를 차례다. 가벼운 마음으로 책방 안을 휘휘 둘러보다가 몇 년째 보아왔지만 한 번도 읽어볼 생각을 안 했던 책을 집어 들었다. 핑크색 표지를 입고 단아하게 누운 링마의 『단절』이었다. 2019년에 나온 책이라 중고로 저렴하게 구입할 수 있었지만 오늘은 왠지 이 책이어야 할 것 같았다.

내 몸과 마음이 왜 특정한 날 특정한 책에 반응하는지는 설명하기 어렵다. 그날의 기분과 책방 분위기가 얼마간 책임이 있지 않을까. 하지만 그게 전부라고 생각하지 않는다. 몇 년째 바라보기만 할 뿐 들춰볼 생각도 안 하던 책을 펼쳐보게 만드는 건 '책의 신'이 관장하는 영역이라 믿고 싶다. 물건에 깃든 그런 '작은 존재들의 신' 말이다. 그러니까 딱히 설명할 길이 없다는 뜻이다.

책을 들고 계산대로 향하는데 동네책방에 들어갈 때 내가 왜 들뜨는지 문득 깨달았다. 나에게 책방은 우연을 꿈꾸게 하는 곳, 정답을 강요받지 않는 곳, 마음껏 헤매도 되는 곳이다. 동네책방에 작정하고 들어간 적이 있던가. 원하는 책을 찾으러 갈 때도 있지만 그런 날에도 나는 그 기쁨을 최대한 뒤로 늦춘다. 찾던 책을 만나면 그 나름대로 기쁠 테지만 그 순간이 빨리 오지 않기를 은근히 바란다. 찾던 책을 못 찾아도 그만이다. 책을 찾으면 즐거운 여정이 끝나버리므로 은밀한 방식으로 시간을 늘려가며 나에게 주어진 시간을 마음껏 누린다.

그러니 찾아온 고객에게 책방이 줄 수 있는 가장 큰 환대는 고객이 최대한 잘 방황할 수 있도록 책의 미로를 심어두는 게 아닐까. 나라면 그러한 책방에서 기꺼이 헤맬 의향이 있다.

집에 와서 읽어본 『단절』에는 반전이 숨어 있었으니 오피스물인 줄 알고 샀건만 아포칼립스물이었다. 여기에 또 다른 반전은 내가 아포칼립스물을 좋아한다는 거였다. 장르를 착각한 채 샀는데 결국 좋아하는 장르였다니! 역시

Super Natural Simple
XI'AN FAMOUS FOODS
ANTHONY BOURDAIN
WHY VEGAN?
PAPER POPS
RODNEY SCOTT'S WORLD OF BBQ
Dessert

작은 존재들의 신이 관여한 게 틀림없다. 이 책은 코로나가 터지기 전에 쓰였지만 바이러스가 창궐한 뉴욕의 상황을 끔찍할 정도로 실감 나게 그린다. 소설은 비극을 향해 치닫지만 현실의 우리는 다행히 뉴 노멀을 향해 새로이 나아가고 있다. 마스크를 쓰는 조금은 다른 일상이지만 여전히 밥을 먹고 잠을 자고 책방에 간다.

코로나 위기 속에 살아남은 동네책방 역시 조금 다른 일상에 적응해 가는 중이다. 동네책방을 사랑하는 독자로서 우리가 할 수 있는 일이 있다면 바뀐 세상에서도 여전히 책을 읽고 책방에 가고 그 책방에서 만난 책을 다른 곳이 아닌 바로 그곳에서 사는 일이라고 믿는다. 그건 동네책방을 살리는 일이자 동네책방을 사랑하는 나 자신을 살리는 일이기도 하다. 그러니 더운 날에도, 추운 날에도 아이의 손을 잡고 기꺼이 나의 신기루로 향할 수밖에. 그렇지만 너무 더운 날은 그냥 집에서 엄마는 시원한 커피, 너는 시원한 주스 한 잔 마시며 책 읽으면 안 될까?

" 공간 규모가 그렇게 크지도 않은 데다
반스 앤 노블과 경쟁하기 위해
저희는 '적을수록 더 좋아' 전략을 취했어요. "

파워하우스 온 에잇스Powerhouse on 8th

주소: 1111 8th Avenue, Brooklyn, NY, 11215

홈페이지: powerhousebookstores.com

운영 시간: 오전 12시~오후 6시(월-금), 오전 10시~오후 6시(토, 일)

3장

동네 주민의 사랑방,

커뮤니티 북스토어Community Bookstore

"사랑하는 사람한테 주는 날이니까 난 엄마한테 만들어줄 거야."

아이들 입에서 나오면 세상 느끼한 말도 이토록 맑아진다. 한국의 밸런타인데이가 주로 연인을 위한 날이라면 이곳의 밸런타인데이는 아이들을 위한 날 같다. 미국 학교에는 온갖 데이가 많다. 삭스데이, 파자마데이, 심지어 티셔츠데이도 있다. 그런 데이가 그냥 웃으며 지나갈 수 있는 날에 가깝다면 밸런타인데이는 스케일부터가 다르다. 그 주 내내 사랑하는 가족에게 줄 선물을 만들고 학급 친구들끼리 서로 카드와 자그마한 선물을 주고받는다.

이 무렵 브루클린 동네책방을 찾으면 아이들 책은 온통 붉게 물들어 있다. 표지에는 핑크색이나 빨간색 반짝이 가루가 뿌려져 있고, 아이들이 좋아하는 캐릭터들이 밸런타인데이를 맞아 알콩달콩 달콤한 이야기를 쏟아낸다. 내가 아이라도 푹 빠지고 말 듯한 달콤한 공기가 맴도는 시기, 그렇다면 함께 동네책방에 가야지.

아이와 사이좋게 손을 잡고 파크 슬로프의 번화가 7번가를 따라 걷는다. 오늘 우리의 목적지는 작가나 출판 에이전트처럼 글과 책을 중심으로 연결된 사람들이 바글바글 모이는 이 동네의 터줏대감, 커뮤니티 북스토어다. 브루클린 내에서도 학군 좋기로 소문난 파크 슬로프는 중산층 이상의 가족이 많이 거주한다. 블루 보틀, 파이브 가이스, 반스 앤 노블 같은 체인점도 있지만 아담한 장난감 가게, 작은 커피숍, 구멍가게 등 로컬 상권 역시 단단하다.

낮은 상점들 뒤로 펼쳐진 말도 안 되게 파란 하늘과 하얀 구름이 모녀의 산책길을 기분 좋게 만든다. 가는 길에 들른 장난감 가게에서 아이가 살짝 위태로운 순간을 맞이하기도 한다. 여기에서 돈을 다 써버리면 책방에서 마음에 드는 책을 만나도 살 수 없다는 말에 아이는 잠시 고민하다가 마지못해 인형을 내려놓는다. 아이가 마음을 바꾸기 전에 책방을 향해 발걸음을 재촉한다.

"저기 맞지?"

아이가 가리키는 곳에 그다지 눈에 띄지 않는 초록색 차양이 보인다. 외관만 봐도 나이가 고스란히 느껴지는 커뮤니티 북스토어의 역사는 자그마치 50년 전으로 거슬러 올라간다. 수잔 시올리와 전남편 존 시올리는 1971년 파크 슬로프에 커뮤니티 북스토어를 열었다. 당시 파크 슬로프는 젊은이들에게 인기 있는 지역으로 부상하고 있었지만 상업 지구는 아니었다. 기회를 엿본 부부는 작은 책방을 하나 연 뒤 3년 후인 1974년 브루클린 하이츠에 두 번째

COMMUNITY BOOKSTORE
143 7TH AVENUE
BLACK LIVES MATTER
OPEN
FOR BROWSING
10A-5P
MASKS REQUIRED

지점을 연다. 1980년 부부가 갈라서면서 브루클린 하이츠 지점은 존이, 파크 슬로프 지점은 수잔이 갖기로 하는데, 1980년대 코블 힐로 이사한 뒤 존이 은퇴하면서 2016년 문을 닫은 브루클린 하이츠 지점과는 달리 파크 슬로프 지점은 아직까지 건재하다.

1997년 반스 앤 노블이 인근에 문을 연다는 소식을 접했을 때 수잔은 이 거대 기업과 경쟁하기 위해 치열하게 싸워야 했다. 가게 벽을 허물고 재고를 확장했으며 카페를 만들고 뒤뜰을 꾸몄다. 어렵사리 경쟁을 이어가던 수잔은 2001년 캐서린 본에게 책방을 넘겼고, 2010년부터는 스테파니 발데즈, 에즈라 골드스타인 두 주인이 운영해 왔다(에즈라는 올해 초 은퇴했다). 다행히 책방은 2013년에 두 번째 지점인 테라스 북스를 열 만큼 번성했다. 다양한 낭독회나 패널 토론 같은 행사를 주최하는 등 현지 작가들을 알리는 무대이자 지역의 중심지로 확실히 자리 잡았다.

커뮤니티 북스토어는 긴 역사를 자랑하는 만큼 브루클린 작가들의 단골 서점으로도 유명하다. 스테파니와 에즈라가 인수했을 때부터 폴 오스터와 아내 시리 허스트베트, 니콜 크라우스와 전남편 조너선 사프란 포어가 자주 찾는다. 신간이 나오면 행사를 하고 사인회를 갖기도 하지만

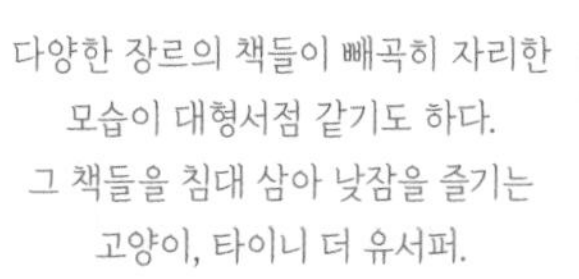

다양한 장르의 책들이 빼곡히 자리한
모습이 대형서점 같기도 하다.
그 책들을 침대 삼아 낮잠을 즐기는
고양이, 타이니 더 유서퍼.

한 명의 고객으로 책을 사러 종종 들린다. 한때 파크 슬로프에 살았던 엘리자베스 스트라우트나 스티븐 킹의 며느리이자 소설가인 켈리 브라펫 역시 온 적이 있다니, 브루클린 작가들이 사랑하는 책방이 분명하다.

하지만 이 책방에서 가장 유명한 인사는 따로 있으니 바로 타이니 더 유서퍼Tiny the Usurper라는 고양이와 존John이라는 이름의 거북이다. 책을 읽는 사람들을 전혀 신경 쓰지 않는 듯 고양이 타이니는 서가 사이를 유유히 거닐다가 때로는 책 위로 폴짝 뛰어오르고 슬그머니 책에 기대 낮잠을 자기도 한다. 인스타그램 계정이 있을 정도로 유명한데 팔로워가 자그마치 4,358명(2022년 6월 기준)이나 되고, 『우리가 사랑한 세상의 모든 책들』에 얼굴도장을 찍기도 했다. 뒤뜰 연못에 사는 거북이 존 역시 주인이 한눈을 판 틈을 타 복도를 제법 빠르게 기어 다닌다.

출입문을 열고 들어서자 천장에 매달린 초록색 조명이 먼저 눈에 들어온다. 밖에서는 초록색 차양이, 안에서는 초록색 조명이 책방을 지켜주는 모양새다. 온라인으로 주문한 책들이 차곡한 입구를 지나 안으로 들어가면 『어머니 없는 브루클린Motherless Brooklyn』, 『또 다른 브루클린Another Brooklyn』 같은 스테디셀러가 놓인 매대는 물론 구석 안쪽 서가까지 소설, 에세이, 음악, 예술, 역사, 여행, 사진, 뉴욕 등 장르별로 수많은 장서가 꽉 들어차 있다. 긴 복도의 끝은 역시 아동 도서 코너다.

아동 도서 코너 한쪽에 놓인 낡은 빨간 피아노를 지나 뒷문을 열고 나가면 수잔이 만들었다는 정원이 나온다. 커뮤니티 북스토어의 비밀 공간으로 각종 행사가 벌어지는 동네 주민들의 사랑방이다. 10년 전 이 책방의 40주년 생일파티를 열기도 했다는 얘기를 최한샘 작가의 『뉴욕의 책방』에서 읽었다. 사진을 보니 10년 전이나 지금이나 크게 다르지 않다. 변화할 필요가 없다고 생각했을까, 아니면 변치 않는 모습이 하나의 전략일까? 변화 주기가 빠른 한국에서 온 내 눈에 조금 느려 보이는 이 책방은 내가 지향해야 할 어떤 지점을 생각해보게 만든다.

책방에 사람을 모이게 하는 여러 요소 가운데 책에 관해 무한대에 가까운 대화를 나눌 수 있는 책방 주인도 분명 있다. 그런 면에서 주인장 중 한 명인 에즈라는 커뮤니티 북스토어의 든든한 주춧돌일 터. 그랬던 그가 올해 초 은퇴했다. 고양이 타이니와 함께. 그리하여 이제 홀로 책방을 운영하는 스테파니에게 또다시 물었다. 워낙 유명한 책방이기에 테라스 북스와는 고객층부터 남다를 것 같은

비좁은 동네책방에서 뒤뜰 정원은
행사에 이용될 수 있는 요긴한 장소다.
뒤뜰 정원에 살고 있는 거북이, 손.

데 실제로도 그럴까?

"다른 주나 다른 나라에서 찾아오는 고객들도 있지만 아무래도 주 고객층은 책 산업에 종사하는 동네 사람들이에요. 열렬한 독자인 그들을 만족시키기 위해 흥미롭고 도전적인 책으로 책방을 채우는 것이 저희의 숙제이자 기쁨이죠. 책방에서 하는 많은 일이 동네 주민들에게서 큰 영향을 받아요. 쇼윈도에 진열된 책들만 봐도 지금 이 동네 주민들의 관심사를 읽어낼 수 있죠. 저희 고객들은 매우 지적이기 때문에 저희는 책방에 아무 책이나 들여놓지 않아요. 덕분에 항상 좋은 책이 많이 쌓여 있답니다."

눈높이가 남다른 고객들을 만족시키는 건 분명 쉽지 않은 일이겠지만 책방 주인으로서는 그만큼 보람찬 일이기도 하다. 한때 문을 닫을 뻔한 커뮤니티 북스토어를 살린 주역도 바로 그들이었으니, 이 책방과 동네 주민은 이제 한 몸이나 다름없는 존재가 아닐까 싶다. 최근 들어 동네 책방 주인으로서 가장 힘든 점이 무엇인지도 묻지 않을 수 없었다. 아마존일지 코로나일지, 아니면 다른 무엇일지 궁금했다.

"지난 몇 년 동안 코로나 팬데믹이 큰 문제가 된 건 사실이에요. 상황이 바뀌면서 공급망, 가격 압박, 책 산업 통합 같은 문제들이 대두되었죠. 임대료 상승과 이로 인해 직원들이 겪는 문제 또한 걱정이에요. 상승하는 임대료에 맞춰 직원들 월급을 올려줘야 하는데 그만큼 수입은 확 증가하지 않았거든요. 아마존 독점은 책 산업과 사회 전반이 겪는 장기적인 문제가 맞지만 동네책방의 일을 아마존에 대항하는 것으로 규정하고 싶지는 않아요."

아마존에 대항하는 동네책방들의 분투에 대해서는 익히 알지만, 나 역시 단순히 동네책방 대 아마존의 싸움만으로 동네책방의 의미를 규정하고 싶지는 않다. 자본주의 사회의 잣대만으로 판단하기에 동네책방 역할은 꽤나 복합적이기 때문이다. 다행히 커뮤니티 북스토어는 언제 방문해도 사람들로 북적인다. 그렇다고 코로나의 영향을 완전히 피할 수는 없었을 텐데, 코로나 시대에 책방 모습은 어떻게 달라졌을까?

"저희 서점은 충성도가 높은 고객이 많아요. 특히 2020년 3월에 책방 문을 닫았을 때 모두가 아낌없는 지지를 보내주었어요. 웹사이트를 통한 주문이 넘쳐나서 직원들이 집에서 밤낮없이 일할 정도였죠. 감사한 일이에요.

그렇지만 팬데믹을 통과하는 동안 여러 난제를 경험한 건 사실입니다. 이런저런 추가 비용이 발생하기도 했고요. 그러한 문제를 극복하기 위한 방안을 하나씩 마련해나가는 게 포스트 팬데믹 시대 동네책방에게 주어진 과제입니다. 그나마 작가와 독자들을 연결하는 온라인 행사를 통해 여전히 커뮤니티와의 연대를 꾀할 수 있어 다행이에요. 팬데믹 기간에 신작을 선보인 작가들이 피해를 입지 않도록 온라인 행사를 계속해서 열었답니다."

책에 관해서라면 거의 모든 대화가 가능한 에즈라는 이제 책방에서 볼 수 없겠지만 그가 쌓아 놓은 단단한 커뮤니티는 언제든 그 자리에 있으리라고 믿어 의심치 않는다. 그 또한 그 사실을 알기에 기꺼운 마음으로 은퇴했으리라.

게다가 제아무리 코로나라도 가져갈 수 없는 것이 있다. 그건 커뮤니티 북스토어만의 고유한 분위기다. 이 책방에는 자주 찾는 브루클린 작가들이 만들어낸 아우라가 존재한다. 그 작가 가운데 『사랑의 역사』, 『위대한 집』, 『어두운 숲』을 쓴 니콜 크라우스도 있다. 그녀는 조너선 사프란 포어와의 결혼으로 데뷔 때부터 이목을 끌었다. 2014년 『어두운 숲』을 집필하던 중 그와 결별했지만 아직도 많은 사람이 '그녀' 하면 작가인 남편 이름을 들먹인다. 그녀가 경험한 결혼 생활이 어떠했는지는 알 수 없다. 중년 작가의 삶과 죽음, 위태로운 결혼 생활을 그린 『어두운 숲』에 작가의 삶이 얼핏 녹아 있지 않았을까, 마음대로 상상만 해볼 뿐이다.

니콜 크라우스의 소설은 10년 전 한국에 처음 소개되었고 2020년에 세 권의 소설이 동시에 새로운 표지를 입고 재출간되었다. 나란히 앉은 세 권의 소설 옆으로 2020년 그녀가 처음으로 선보인 단편집 『남자가 된다는 것』이 보인다. 니콜 크라우스는 이 책에서 부모의 이혼과 죽음, 성장 같은 누구나 겪는 삶에 미세한 렌즈를 들이댄다. 모든 단편을 관통하는 주제가 있다면 우리가 살면서 겪는 상실과 애도, 불화의 시간을 지나 누군가를 이해하는 과정이다. 아버지를 잃은 후 마음의 짐이 만들어낸 상상 속 타인의 방문을 그린 단편 「나는 잠들었지만 내 심장은 깨어 있다」에서 니콜 크라우스는 타인이 더 이상 짐이 되지 않을 때까지 마주하는 것이 인생이라고 말한다. 그 자체로 완성된 세계를 빚어내는 그녀의 문장은 단편에서 더 반짝인다.

내가 책을 고르는 사이, 아이도 자기가 읽고 싶은 책을 들고 나타난다. 아이에게 책을 권해줄 때도 있지만 웬만하면 골라주는 일은 자제하려고 한다. 한국의 도서관이나 학교에는 권장도서가 있다. 많은 부모가 권장도서 목록에 의존해 책을 고른다. 하지만 미국에는 이렇다 할 권장도서 목록이 없다. 친절함이나 다양성을 강조하는 책은 많지만 아이에게 교훈을 주려는 책은 적은 편이다. 아이의 상상력을 자극하는 책, 조금 어이없게 끝나기도 하는 책이 오히려 더 많다.

아이에게 책을 고르게 하는 건 직접 골라봐야 실수도 하고 또 자기가 어떠한 책을 좋아하는지 알아갈 수 있기 때문이다. 물론 지금은 취향을 쌓기보다는 다양한 세상을 접했으면 좋겠지만. 무엇보다도 아이가 책을 고르는 재미를 느끼길 바란다. 그 전략이 통했는지 아이는 책을 고르는 일이라면 자다가도 벌떡 일어날 정도로 재미있어한다. 산책길에 누가 무료로 내놓은 책을 보면 나보다도 먼저 눈에 불을 켜고 달려간다.

"엄마, 이 책 봐봐. 킥킥."

키득거리는 아이의 손에 들린 책은 『나는 똥을 먹어요』

테라스 북스보다 많은 책을 만날 수 있는 아동 도서 코너.
손이 닿지 않는 곳에 꽂힌 책들을 꺼낼 수 있도록 작은 받침대를 두었다.

Eat Poops』. 밸런타인데이를 맞아 매대를 장식한 사랑스러운 핑크빛 책들을 제치고 아이가 선택한 표지를 보고 있자니 익숙한 냄새가 스멀스멀 올라오는 것만 같다. 나도 예전에 그랬을 테지만 아이들은 똥이나 방귀 얘기를 정말 좋아한다. 주인공은 도시락으로 똥을 싸 오는 딱정벌레 두기다. 두기는 점심시간이 되면 밖으로 나가 혼자 밥을 먹는다. 부모님은 쓰레기를 처리하는 데 일조하는 가족을 자랑스럽게 여겨야 한다고 말하지만, 두기는 친구들이 제 도시락을 보기라도 하면 자신은 분명 왕따가 되리라 생각하며 두려워한다. 그러던 어느 날 똥을 도시락으로 싸 온 또 다른 친구가 놀림을 당하는 상황이 발생한다. 두기는 과연 친구를 위해 나설까?

왕따 문화나 자아 정체성 같은 문제를 흥미로운 방식으로 녹여내 아이에게 도시락을 싸줄 때마다 고민하는 나에게도, 한국 음식을 주로 먹는 아이에게도 시사하는 바가 있는 책이다. 아이가 보고 키득거린 제목과 달리 사뭇 진지한 내용에 비장한 마음으로 계산대로 향한다.

그런데 이게 무슨 광경이란 말인가. 계산대 앞에 줄이 쭈욱 늘어서 있다. 크리스마스가 있는 12월에는 이 넓은 공간이 발 디딜 틈 없을 만큼 붐빈다고 하니, 이 정도는 아무것도 아니겠지만 여전히 적응되지 않는다. 세상 어느 동네책방이 이토록 북적댈까. 작가를 초청해 오프라인 행사를 했을 때는 도대체 얼마나 붐볐을까.

2020년 초, 책방 인근에 위치한 극장에서 리베카 솔닛의 신작 『세상에 없는 나의 기억들』과 관련된 행사가 열렸다. 그날 행사에는 325명이 참석했고 책방에서는 무려 410권의 책이 팔렸다. 코로나가 뉴욕을 강타하기 직전이었다. 한동안 서점 앞에 붙어 있던 포스터를 보고 문의했을 땐 티켓은 이미 다 팔린 상태라 아쉽게도 나는 행사에 참석하지 못했다.

이제 커뮤니티 북스토어에서 열리는 행사는 거의 대부분 온라인으로 이루어지기에 티켓을 사지 않아도 된다. 당연히 티켓이 동날 일도 없다. 뉴욕에서는 이제 실내에서도 마스크 착용을 더 이상 의무화하지 않으니 온라인으로 전부 전환됐던 행사들이 다시 오프라인으로 열리는 시점도 머지않아 찾아오지 싶다. 티켓은 또다시 동이 나겠지만 온라인에서 전달받을 수 없던 온기는 또다시 누릴 수 있지 않을까.

커뮤니티 북스토어는 코로나 상황 한가운데서 50주년을 맞이했다. 우범지대에 속했을 동네가 값비싼 레스토랑과 상점들이 즐비한 거리로 바뀌는 과정을 오롯이 지켜본 지난 50년 동안 코로나보다 더 큰 파도에도 여러 번 휩쓸렸을 터. 때로는 파도에 정면 승부를 걸고, 때로는 현명하게 파도를 피해 가기도 했겠지. 스테파니는 동네 분위기가 예전과는 많이 달라졌다고 말하지만, 여전히 근처 거리는 프랜차이즈보다 개인이 운영하는 가게가 대부분이다. "책에는 돈으로 측량할 수 없는 아름다움과 생명력이 있다는 것을 아는 이들"(『안녕, 나의 작은 테이블이여』, 김이듬)이 만들어가는 진정한 로컬 상권이다.

커뮤니티 북스토어를 보며 부지런히 빙수를 갈고 커피를 내리고 온갖 모임을 운영해도 적자를 면치 못하는 한국의 수많은 동네책방을 떠올린다. 커피 팔기를 거부한 송은정 작가의 책방 '일단멈춤'은 결국 문을 닫지 않았던가(물론 그것 때문만은 아니었겠지만). 저마다 고군분투하는 한국의 수많은 동네책방이 살아나려면 결국 지역사회의 뒷받침이 있어야 한다. 빙수를 갈지도 커피를 내리지도 않으며 오롯이 '책'에만 집중하는 커뮤니티 북스토어가 오래도록 같은 자리를 지킨 데는 동네 사람들의 기여가 가장 크다. 책방이 잘 운영되려면 미디어의 조명도, 참신한 비즈니스 모델도 아닌 책과 사람이 중심이 되어야 함을 50년 된 이 책방은 보여준다.

모든 공간 중 계산대가 가장 북적거리는 이상한 책방, 커뮤니티 북스토어를 뒤로한 채 돌아서며 테라스 북스와 이어진 거리[street]를 생각했다. 테라스 북스에 손님이 원하는 책이 없으면 커뮤니티 북스토어에서 자전거로 배달해주기도 한다는데, 그런 면에서 두 책방을 이어주는 거리 전체가 책방인 셈이다. 이 풍경에 자연스럽게 스며든 나지막한 상점들, 곳곳에 자리한 주택들 그리고 오가는 모든 이들이 두 책방 사이 거리를 지켜주고 있다.

" 저희 고객들은 매우 지적이기 때문에
저희는 책방에 아무 책이나 들여놓지 않아요.
덕분에 항상 좋은 책이 많이 쌓여 있답니다. "

커뮤니티 북스토어Community Bookstore

주소: 143 7th Ave, Brooklyn, NY 11215

홈페이지: communitybookstore.net

운영 시간: 오전 10시~오후 6시(월-일)

4장

마법이 일어나는 공간,

북스 아 매직Books Are Magic

“꺅! 저것 봐, 엄마!”

아이의 손끝이 가리킨 곳에는 시선을 확 사로잡는 벽화가 있었다. 브루클린으로 이사 온 지 얼마 안 되어 코블힐이라는 인근 동네를 찾은 참이었다. 까만 바탕 위로 솟구친 핑크빛 기둥 끝에 살포시 앉은 글씨는 ‘Books Are Magic’, 책방이었다. 이름도, 강렬한 로고도 모녀의 호기심을 동하게 만들기 충분했다. 잔뜩 상기된 얼굴로 곧장 안으로 들어간 우리는 한 시간 후 서로 끄덕임을 나누며 책방을 나섰다.

알고 보니 우리를 사로잡았던 벽화는 책방이 문을 열었을 때는 없었다고 한다. 나중에 추가한 이 벽화가 인스타그램에서 대히트를 치면서 사람들이 알아서 실어 나른 덕에 홍보 효과를 톡톡히 누렸다고. 그리하여 코로나에도 불구하고 최근에는 에단 호크가 사인회를 여는 등 유명 인사들이 찾는 책방으로 유명해졌다.

북스 아 매직이 자리한 코블 힐은 관광지는 아니지만 비교적 부유한 가족들이 많이 거주하는 브루클린 동네로 고즈넉한 주거 지역에 개성 만점 로컬 상점들이 어우러져 고유한 분위기를 자아낸다. 책방 주인 엠마 스트라우브는 이 동네 토박이다. 『현대적인 애인Modern Lovers』, 『모든 어른

All Adults』, 『피서객The Vacationers』 등 수많은 책을 출간한 베스트셀러 작가인 데다 유명한 호러 소설가 아버지를 두었다. 그녀의 아버지는 『고스트 스토리Ghost Story』를 비롯한 수많은 호러 소설을 출간한 피터 스트라우브. 한국에는 스티븐 킹만 알려져 있지만 피터 스트라우브 역시 스티븐 킹만큼이나 유명한 호러 소설 작가이다. 최근에 번역한 『엘크 머리를 한 여자』의 추천사에서 누군가 저자 스티븐 그레이엄 존스를 피터 스트라우브에 비교했던 기억도 난다.

엠마는 디자이너 남편 마이클과 함께 2017년 북스 아 매직을 열었는데 그 스토리가 재미있다. 원래 코블 힐에는 북 코트Book Court라는 오래된 서점이 자리했다. 그러다가 35년 동안 주민들의 사랑을 듬뿍 받던 북 코트는 주인 부부가 은퇴를 선언하면서 문 닫을 위기에 처한다. 한때 이 서점에서 일하며 주말마다 아이들을 데리고 찾았던 엠마 부부는 동네에서 책방이 사라지는 일이 일어나서는 안 된다며 북 코트를 대신할 새로운 서점을 열기로 한다. 북 코트를 운영하던 부부를 보며 그들이 은퇴하면 자신들이 이어받아 운영하는 꿈을 품기도 했다던 부부. 그리하여 365일 문을 여는 새로운 책방, 북스 아 매직(책방 이름은 "Books are uniquely portable magic"이라는 스티븐 킹의 말에서 따왔다고 한다)이 탄생했다. 부부는 이 책방이 자신들의 세 번째 자식이나 다름없다고 말한다.

마법의 세계로 인도해줄 것만 같은 출입문을 열고 들어서면 한쪽 서가에 엠마의 책들이 책등이 아니라 표지를 보인 채 누워 있다. 대부분 사인본이고 또 사인본이 아닌 경우 언제든 부탁하면 주인장이 사인을 해준다. 자신의 책을 마음껏 진열하고 판매하는 책방을 가진 작가가 얼마나 될까, 부러움이 한없이 밀려온다. 입구에는 제품 디자이너인 남편의 작품도 판매하는데 에코백과 티셔츠, 머그잔이 인기 굿즈다.

북스 아 매직은 소설, 비소설, 시, 요리책, 회고록, 해외문학, 예술 서적 등 다양한 장르를 취급하지만 가장 많은 판매 지분을 차지하는 장르는 단연 소설, 주로 브루클린 작가들이 쓴 소설이다. 내가 가장 좋아하는 곳은 책방 스태프가 선정한 책들을 소개하는 코너다. 반스 앤 노블 같은 대형서점 매대에 깔린 빤한 베스트셀러가 아니라 숨은 옥석들을 소개하는데, 소수 인종 작가들의 책이 앉아 있을 때가 많다. 나와 취향이 비슷한 스태프들이 정성 들여 적어놓은 추천글을 읽으며 기쁜 마음으로 책을 골라본다.

맨 아래층에 놓인 하성란 작가의 『곰팡이 꽃』이 눈길

밝은 색상의 바닥재와 책장이
환한 조명과 잘 어우러진다.
스태프 손글씨 추천사가 적힌
종이조차 핑크빛이다.

을 끈다. 1999년에 나온 책이 2022년 브루클린 동네책방에 꽂힐 줄 하성란 작가는 상상이나 했을까. 한글로도 읽어보지 못한 이 책의 영어판이 낯설어 괜히 만지작거리다 내려놓는다. 『채식주의자』로 한강 작가가 맨부커상을 수상한 이후 영어로 번역된 한국 작가의 소설을 심심치 않게 본다. 『82년생 김지영』과 한강의 또 다른 소설 『구멍』은 이제 브루클린 동네책방 곳곳에서 찾아볼 수 있다. 하지만 하성란 작가의 책처럼 꽤 오래전에 출간된 책이 이런 식으로 다시 빛을 발하는 경우는 드물기에 새삼 이야기가 지닌 힘을 실감한다. 좋은 이야기가 지닌 생명력은 인간의 나이쯤이야 훌쩍 뛰어넘는다.

엠마의 책들이 가지런히 놓인 모습을 보니 처음 그녀의 책을 접했을 때가 떠오른다. 보는 눈은 없고 열정만 가득한 그때, 나는 엠마의 책들을 한국에 소개해볼까 잠시 생각했었다. 하지만 막상 그녀의 소설을 읽어보자 한국 출판 시장과는 맞지 않겠단 판단이 들었다. 소설 속 등장인물들이 거의 브루클린 동네 사람들이고 배경 또한 이곳을 크게 벗어나지 않아 한국 독자들이 공감할 지점이 보이지 않았다.

지금은 이렇게 꼼꼼히 따져보지만 초짜 시절만 해도 참

어리숙했다. 내가 재미있게 읽었다는 지극히 개인적인 이유로 외서 기획서를 작성해 출판사에 보냈으니. 외서 기획을 잘하려면 무엇보다도 한국 출판 트렌드에 민감해야 한다. 자신이 좋아하는 책이 아니라 한국 독자들이 관심 가질 만한 책을 찾아내야 한다. 그렇지 않으면 매번 헛물만 켜는 꼴이다.

한 출판사 편집장으로부터 한국은 로맨틱 코미디의 대모, 노라 에프론의 에세이도 팔리지 않는 시장이라는 얘기를 들었다. <해리가 샐리를 만났을 때>는 물론 한 시대를 주름잡은 수많은 영화의 시나리오 작가이건만. 박산호 번역가가 가장 아쉬운 역서로 노라 에프론의 『내 인생은 로맨틱 코미디』를 꼽은 이유를 알 것 같다. 본인은 정말 공감하며 읽었는데 독자들에게 외면받았단다.

출간 당시에는 독자들이 받아들이지 못하는 바람에 묻혔다가 시간이 지나고 시장이 변하면서 새로이 관심을 받는 경우도 있다. 조앤 디디온, 게일 콜드웰, 캐럴라인 냅 같은 작가들 책이 최근 들어 시대 흐름을 타고 재출간됐다. 그러니 부지런히 책방을 들락거리며 괜찮은 책을 발굴해야 한다. 책을 뒤적일 때마다 한국에 출간됐는지 확인하는 직업병 때문에 가끔은 머리에 쥐가 날 지경이지만 최근에 심혜경 번역가가 옮긴 『마침내 런던』 역시 『뉴욕의 책방』을 쓴 최한샘 작가가 뉴욕에서 사 온 책 가운데 한 권이라니, 나도 더 열심히 뒤져야겠다는 의욕이 솟는다.

하지만 오늘은 머리가 아프다는 핑계로 역서 발굴은 포기하고 서가 사이를 설렁설렁 걸어보기로 한다. 마음을 비우면 행운의 여신이 내 손 위에 책 한 권을 슬쩍 들려줄지 누가 알겠는가.

북스 아 매직에 놓인 책장들은 조금 특이하다. 맨 하단은 눈길이 잘 가지 않는다는 점을 고려해서인지 살짝 경사져 있다. 북 코트에서 쓰던 책장을 그대로 가져왔다고 하니 이제는 사라진 그 서점과 북스 아 매직은 여러모로 연결된 셈이다. 가게를 헤집고 다니며 소설, 비소설, 건축, 예술 등 섹션별로 정리된 책들을 야금야금 꺼내 본다. 한국에서 번역본을 통해 처음 접한 작가들 원서를 찾아보는 일도 번역가인 나에게는 또 다른 즐거움이다. 그러다 보면 시간은 훌쩍 지나기 일쑤고 저 혼자 책을 보는 아이가 잘 있나 슬슬 불안해진다.

아이를 찾으러 가는 길, 이제부터 진짜 마법이 시작된다. 계단을 따라 내려가면 엠마가 자신의 아이들을, 그리고 동네 아이들을 위해 신경 써서 만든 공간이 나타난다.

건축가 친구의 도움을 받아 완성했다는 아동 도서 코너를 보자마자 어른인 나도 홀딱 반하고 만다. 아기자기한 책장, 따뜻한 벽돌 벽과 큼지막한 창, 비가 내리는 듯한 느낌의 조명, 핑크빛 'Books Are Magic' 네온사인이 어쩜 이리도 잘 어울리는지. 코로나 사태가 터지기 전에는 푹신한 소파와 의자가 한가운데를 차지해서 편하게 앉아 책 읽기 좋았는데, 이제 코로나 때문에 아이들이 앉아 책을 읽을 만한 공간이 많이 줄었다. 뭐, 아이들은 전혀 개의치 않고 바닥에 철퍼덕 주저앉아 책을 읽지만.

아동 도서 코너의 하이라이트는 뭐니 뭐니 해도 리딩누크Reading Nook다. 코로나가 터졌어도 모든 아이가 좋아하는 이 공간만은 사라지지 않았다. 사실 구석 자리를 좋아하는 건 아이들만은 아니지 않은가. 나 또한 보는 사람만 없으면 살포시 들어가 앉아 있고 싶다. 이런 책방이 집 근처에 있다면 매주 아니 매일 가고 싶어질지도 모른다. 보여주기 위해 꾸민 공간이 아니라 주민들이 실제로 이용하고 좋아하는 공간이어야 오래도록 사랑받으며 살아남을 수 있음을 북스 아 매직은 온몸으로 보여준다.

저러다 책 속으로 들어가지 싶을 만큼 책을 향해 목을 쭉 뺀 아이를 보니 몇 년 전 어린이 그림책을 번역하던 때

아동 도서 코너 위에서 반짝이는
네온빛 북스 아 매직 로고.
아이들에게 인기 만점인 리딩누크.
한 번 들어가면 나오지 않으려는 아이.

가 생각난다. 모든 번역에는 저자의 생각을 거꾸로 읽어나간 다음 다시 내 문장으로 표현하는 과정이 수반되지만, 그림책 번역에서는 저자가 그림 속에 꼭꼭 숨겨놓은 의미를 읽어내는 과정이 더해진다. 몇십 권의 견본책 가운데 최종 한 권을 가려내기까지 저자가 한 권의 책에 얼마나 많은 마음을 담았겠는가. 그림책의 독자는 번역가가 개입한 에두르는 말이 아니라 저자의 의도를 정확히 전달받을 권리가 있다.

그림책은 글이 적기 때문에 한두 문장이 지닌 힘이 크다. 이 단어를 저 단어로 이 조사를 저 조사로만 바꿔도 확연한 차이가 느껴진다. 더 적확한 단어, 더 리듬감 있는 단어를 찾으려고 다른 그림책들을 넘겨보면서 아이가 있다는 사실이, 참고할 아이들 책이 많다는 사실에 감사했더랬다.

지금도 아동 도서 코너에만 가면 '이 그림책은 한국에 번역되어 나왔을까'부터 생각한다. 그림책을 한 권 번역할 때 받는 번역료를 생각하면 그 시간에 그냥 아이와 놀아주는 편이 나을지도 모르지만, 아이가 내가 번역한 그림책을 읽으며 나도 읽어내지 못한 점을 읽어내는 모습을 볼 때마다 번역하기 잘했다 싶어 또 다른 기회를 엿본다. 아이가 좋아하는 그림책이 한가득인 아동 도서 코너는 그러니까 사실 나의 잠재적 먹잇감이 득실대는 곳이다. 오늘도 아이 핑계를 대며 슬쩍 일감을 찾아 나선다.

"오늘은 무슨 책 살 거야?"

"사고 싶은 책이 너무 많아!"

아이는 울상을 짓는다. 오호라 엄마도 그 마음 알지.

"시간, 좀 더 주면 안 돼?"

"어, 그래……(이미 30분이나 준 거 같은데)."

아이가 결국 고른 한 권은 카야 도이가 쓴 『치리 앤 치라Chirri&Chirra』. 일본 그림책 번역본으로 브루클린의 다른 책방에서도 본 적이 있다. 다른 지역에서는 못 봤던 걸로 봐서 브루클린 아이들에게 인기가 많나 보다. 혹시 번역가가 이 동네에 살고 있나.

이야기는 치리와 치라가 아침 일찍 일어나 자전거로 동네 산책을 나서면서 시작된다. 두 소녀는 숲속 카페, 제과점, 호텔에 들어가 즐거운 시간을 보낸다. 큰 사건 없이 잔잔하게 흐르지만 따스한 색감은 물론 다양한 역할로 등장하는 동물들 모습이 상상력을 자극한다. 이 숲속에 가면 정말로 도토리커피와 클로버티를 마실 수 있고 밤잼을 바른 콩빵을 먹을 수 있으며 동물들 몸집에 맞는 식탁과 의

BOOKS ARE MAGIC
BOOKS ARE MAGIC
BROOKLYN, NY
BOOKS ARE MAGIC
Bestsellers
THE PARIS APARTMENT
THE PARIS APARTMENT
Our Bestsellers are 10% off
BODY WORK
BODY WORK
Ancestor Trouble
Maud Newton
Ancestor Trouble
Maud Newton
Investi GATORS
STATION ELEVEN
BOOKS ARE MAGIC

자와 침대를 볼 수 있을 것만 같다. 저자 프로필을 찾아보니 환경과 동물 복지에 관심이 많다고 한다. 책이 이토록 순한 이유를 알 것 같았다. 눈 오는 날, 비 오는 날, 마을에서, 땅 아래에서, 바다 아래에서 등 시리즈로 출간되어 있길래 다음번에는 다른 시리즈를 사보자고 약속하니 조금 전까지 울상을 짓던 아이가 언제 그랬냐는 듯 화색을 띠며 곧바로 맞장구를 친다.

"응! 다음번에는 눈 오는 날, 이거 살래. 아니, 아니 바다도 좋겠다. 아니, 아니, 땅속이 좋겠어."

"……(그건 그때 가서 생각하자꾸나)."

홈페이지조차 책방을 그대로 옮겨다 놓은 듯 독특한 분위기를 풍기는 북스 아 매직은 자신만의 컬러와 로고를 고수하는 브랜딩이 잘된 흔치 않은 브루클린 동네책방이다. 커뮤니티 북스토어가 기분 좋게 손때 묻은 낡은 책장 같은 느낌이라면, 북스 아 매직은 자신만의 색깔을 잘 아는 젊은 부부의 개성이 그대로 묻어나는 알록달록한 책장 같다. 매번 내가 이제 그만 가자고 아이의 손을 잡아끌어야 해서 갈 때마다 미안한 마음이 들 정도다. 작정하고 아이가 지칠 때까지 내버려 두면 아이는 얼마나 있으려 할까? 이번 책 마감이 끝나면 한번 날 잡아 시도해봐야겠다.

엠마는 사회적으로 민감한 문제, 인종 평등 문제에도 과감히 목소리를 높이는 책방 주인으로 유명하다. 페미니스트 책방이냐는 질문에 당연하다고 답한 그녀. 여성 작가와 소수 인종 작가를 늘 염두에 둔단다. 핑크빛 벽화만큼이나 명쾌하고 기분 좋은 대답이다. 책방 사업 경험이 전무했던 부부가 지금까지 성공적으로 책방을 끌어올 수 있던 건 가고자 하는 방향이 뚜렷했기 때문이 아니었을까. 그녀에게 록다운 기간에 책방이 어떻게 운영되었는지 그 치열했던 현장에 대해 물었다.

"사람들은 책방 운영이 머리를 쓰는 일이라고 생각하지만 실제로는 몸을 쓰는 일이에요. 록다운 기간에는 더욱 그랬죠. 한동안 책을 주문하고 포장하고 배송하는 일이 다였으니까요. 온라인으로 행사도 하고 홍보도 하지만 결국 책이 고객의 손에 가닿으려면 누군가는 창고나 책방에서 책을 가져와서 배송해야 하는데, 그 온갖 노동이 매니저 두 명과 남편에게 맡겨졌어요. 온라인에서 물건을 살 때의 눈에 보이지 않는 노동, 그동안 당연하게 생각했던 것들에 대해 감사하게 생각하는 계기가 되었습니다. 저희뿐만 아니라 모든 책방이 어떻게든 문을 닫지 않으려고, 직원들에게 월급을 주려고 바둥댔지만 솔직히 말해 모두가 지칠 수밖에 없었어요."

북스 아 매직도 다른 책방처럼 이제 행사 대부분을 온라인으로 진행한다. 덕분에 멀리 사는 저자를 초빙할 기회를 누리긴 했지만 줌으로 행사를 진행하는 데서 오는 피로감이 적지 않았다고 솔직하게 털어놓는 그녀. 코로나가 한바탕 휩쓸고 가면서 독립서점들이 하나둘 문을 닫고 직원들을 해고할 때, 엠마는 직원을 한 명도 해고하지 않았다. 코로나 위기를 극복한 북스 아 매직만의 전략이 궁금했다.

"코로나가 터진 후 'Stay Safe, Read Books'라고 적힌 티셔츠를 만들어 출판산업 자선기금Book Industry Charitable Foundation에 절반은 기부하고 절반은 판매했어요. 직원들 월급은 줘야 했으니까요. 그 후 온라인 북클럽을 만들고 인스타그램 라이브를 이용해 스토리타임을 갖기도 했지요. 이제는 다른 주에 있는 동네책방과 협력해 함께 온라인 행사도 열고 있습니다. 물론 직원들 월급도 주고 공과금도 내야 하지만 지금 가장 중요한 것은 저희가 그동안 구축한 커뮤니티가 책방의 존재를 느끼며 책을 읽고 싶을 때 언제든 책방을 찾아올 수 있다고 믿게끔 만드는 거라 생각해요. 그래서 코로나로 문을 닫자마자 남편과 저는 차를 타고 브루클린 곳곳을 돌아다니면서 친구들에게 책과 편지, 손수 만든 버튼을 나눠줬죠. 이럴 때일수록 약간의 재미가 필요한 법이니까요."

어려운 시기에 악착같이 내 것을 챙기기보다 커뮤니티를 먼저 생각하는 마음, 머리로는 알아도 선뜻 실행에 옮기기 힘든 이 전략이야말로 코로나 위기 속에서 북스 아매직을 살린 요인이 아닐까. 코로나로 문을 닫은 기간에 온라인 주문이 폭주했다고 하니 지역사회와 사람을 향한 눈에 보이지 않는 투자야말로 어려운 시기에 사람들이 계속해서 책방을 찾는 이유라 하겠다. 당장의 수익보다 훨씬 멀리 내다볼 줄 아는 현명한 책방지기, 엠마가 생각하는 독립서점의 미래는 어떠할까.

"독립서점이야말로 우리의 과거이자 현재, 미래라고 생각합니다. 책을 사기 위한 가장 좋은 방법은 독립서점이에요. 인터넷서점이나 대형서점도 독자에게 책을 팔지만, 책방에 걸어 들어가 직접 책을 고르고 사람이 골라준 진짜 책을 읽는 경험을 제공해줄 수는 없어요. 그러한 경험을 대체할 수 있는 건 없죠. 지금은 책방을 방문하는 이들이 평소보다 적지 만 결국 정상 수준으로 돌아가리라 믿어요. 물론 동네책방은 어쩔 수 없는 변화를 받아들이며 이에 대비해야 살아남을 수 있겠지만요.

언제나 그렇지만 지금 같은 위기 상황에 음식을 제외하고 우리에게 가장 필요한 건 책이 아닐까요? 사람들도 그걸 알고 있고요. 사람들은 주위 세상을 이해하기 위해, 즐거움을 얻기 위해 책을 필요로 한답니다. 그 사실이 바뀌지 않는 한 독립서점의 미래는 밝다고 봐요."

최근에 인스타그램에서 보니 책방 앞에 작은 무료 라이브러리를 만들어두었다. 어쩜 이렇게 마음 씀씀이도 착할까. 거의 새 책이나 다름없는 책들로 장르도 다양하게 꾸며놓았다. 주인장은 책을 그리고 동네를 진심으로 사랑하는 게 분명하다.

핑크빛으로 반짝이는 북스 아 매직을 보며 인스타그램용 사진 배경으로 전락해 가는 한국의 수많은 동네책방을 떠올리지 않을 수 없었다. 한국의 동네책방은 문을 열려고 하면 동네 사람들이 찾아와 "책방 해서 먹고살 수는 있어요? 커피도 좀 팔지" 같은 소리를 너무 쉽게 보태곤 한단

마법의 문 안으로 들어가면
무슨 일이 일어날까?
책방 입구에는 무료 라이브러리가 서 있다.

다. 책방을 열기도 전에 이 같은 무례한 말들에 상처받은 책방지기들의 이야기는 이제 너무 평범하게 들릴 정도다. 이래서 지역민들의 진정한 사랑방이 될 수 있을까. 상처받은 마음을 애써 감춘 채 씩씩하게 책방 문을 열어본들 동네 사람들은 힐끗 쳐다보기만 할 뿐 좀처럼 발길을 주지 않는다.

얼마 전 대구에 협동조합 동네책방 '책방 아이'가 문을 열었다는 소식을 들었다. 책을 좋아하는 사람이 많은, 책 읽는 동네를 목표로 해서 벙커 공간을 꾸며 동네 아이들을 끌어들였단다. 덕분에 처음에는 쭈뼛대던 부모들도 동네 사랑방인 양 책방을 드나들고 있다고. 모두가 그런 책방을 실현할 수는 없겠지만 일회성 굿즈나 이벤트가 장기적인 생존을 향한 정답이 아닌 것만은 분명하다.

물론 지역사회에 단단히 뿌리내린 북스 아 매직이라고 매출이 마냥 그린라이트는 아니다. 인스타그램 라이브를 통해 수시로 책을 읽어주고 추천하는 엠마는 오늘 책방에 사람이 없다고, 어서 책방에 들러 책 좀 사라고 귀엽게 투덜대기도 한다. 이토록 인간적인 호소를 하는 책방을 어찌 사랑하지 않을 수 있단 말인가. 그녀의 장난기 어린 모습을 보면 누구라도 책방이 생각보다 재미있는 곳임을 알게 될 테니, 이는 책이 멀게 느껴지는 이들을 끌어들이는 결코 미워할 수 없는 전략 아니겠는가.

집에 온 아이가 뭔가를 그리고 있길래 슬쩍 들여다보니 핑크 벽화다. 이제 아이에게는 마법이 필요한 순간 떠올릴 공간이 또 하나 생겼나 보다. 아무래도 엠마가 걸어놓은 마법에 아이가 꼼짝없이 걸려든 것만 같다.

" 코로나로 문을 닫자마자 남편과 저는
차를 타고 브루클린 곳곳을 돌아다니면서
친구들에게 책과 편지, 손수 만든 버튼을 나눠줬죠.
이럴 때일수록 약간의 재미가 필요한 법이니까요. "

북스 아 매직Books Are Magic

주소: 225 Smith St, Brooklyn, NY 11231

홈페이지: booksaremagic.net

운영 시간: 오전 10시~오후 6시(월-일)

5장

지점을 만들어가는 독립서점,

맥널리 잭슨 Mcnally Jackson

평생 한 권의 책만 반복해서 읽어야 한다면 그보다 더한 고문이 있을까. 아직 읽지 못한 책이 얼마나 많은데. 어느 날 정말 그런 명령을 받을까 봐 겁먹은 채 나는 오늘도 허겁지겁 책을 읽는다. 매번 나 스스로 가둔 세계 속에서 쫓기듯 책을 읽는다. 아이는 다르다. 아이는 자신이 만족하기 전에는 절대로 책을 내려놓지 않는다. 한 권 한 권 작가가 구석에 그려 넣은 그림까지 꼼꼼히 살핀다. 아이에게 배운다. 책은 그렇게 읽는 게 아님을 보여주듯 아이는 어느새 나보다 의젓한 독서가가 되어 있다.

내가 아는 게 다가 아니라는 조급증이 책을 찾게 했다. 황정은 작가의 말처럼 다른 사람이 애써 만들어낸 것으로 내 삶을 구원하고 싶었는지도 모른다. 내게는 없는 시선과 상상력을 빌리고 싶은 날에는 책이 사라지는 예술이 아니라 활자로 남아 언제든 펼쳐볼 수 있는 위로라서 다행이라 생각했다. 슬프면 슬픈 대로, 속상하면 속상한 대로, 기쁘면 기쁜 대로 책방을 찾았다. 쉬운 위로를 약처럼 삼키고 나면 달떴던 열기가 가라앉기도, 묵직했던 마음이 1그램 정도 가벼워지기도 했다.

아이에게 물은 적이 있다. 책을 왜 읽는지. 나보다 의젓하게 책을 읽을 줄 아는 아이인지라 뭔가 그럴싸한 대답

2층에 달하는 서가를 가득 메운 책들.
보고만 있어도 머릿속이 꽉 찬 기분이다.

을 주지 않을까 싶었다.

“재미있으니까. 난 책 읽는 게 너무 좋아.”

싱겁지만 확실한 대답이다. 무슨 그런 질문이 다 있느냐는 표정으로 심드렁하게 내놓는 아이의 대답 앞에 이런저런 미사여구로 치장한 나의 책 읽기가 부끄러워졌다. 돌아보면 나 역시 그랬다. 책을 읽으며 얻기를 바라는 건 무엇보다 재미였다. 즐거운 시간이었다. 그래서 아직 『코스모스』를 읽지 못하는 건지도.

하지만 책들로 집을 지을 만큼 무수히 많은 책 앞에 설 때면 나는 또다시 조급해지고 만다. 저곳에 꽂힌 책 가운데 내가 읽어본 책이 얼마나 될까, 남은 생 내내 책만 읽어도 불가능하지 않을까. 나를 그렇게 조급하게 만드는 거대한 독립서점이 2020년 3월, 코로나가 뉴욕을 찾아온 바로 그 무렵 브루클린에 새로이 문을 열었다.

브루클린의 대표적인 쇼핑몰, 시티 포인트 안에 맥널리 잭슨이 입점한다는 소식을 듣고 누구보다도 반가운 나였다. 그런데 하필 코로나라니. 아니나 다를까, 이 지점은 바이러스의 위협을 피해 가지 못해 오픈한 지 11일 만에 문을 닫았다가 9월에 다시 문을 열었다.

영화 속에나 나올 법한 계단을 따라 2층까지 이어진 시티 포인트 맥널리 잭슨은 브루클린에 위치한 책방 가운데 가장 큰 규모를 자랑한다. 안에 들어서면 천장부터 바닥까지 이어진 거대한 밤색 책장을 한가득 메운 책들이 방문객을 맞이한다. 5,300제곱피트 규모의 이 책방을 채우기 위해 18톤에 달하는 책장이 배달되었다고 하니, 지금 얼마나 많은 장서가 꽂혀 있을지 상상조차 되지 않는다.

2004년 12월 소호에 처음 문을 연 맥널리 잭슨은 이제 뉴욕 내 4개 지점을 갖춘 대표적인 독립서점으로 자리 잡았다. 사라 잭슨이 책방 문을 열 때만 해도 미국 내 서점들은 대형 체인점의 공세에 밀려 하나둘 문을 닫고 있었다. 하지만 캐나다에서 '맥널리 로빈슨'이라는 서점을 여러 곳 운영하는 부모를 보고 자라 기업가다운 기질이 뛰어났던 그녀는 과감하게 뉴욕 한복판에 맥널리 로빈슨을 열었다. 그 후 태어난 아들의 이름을 따 맥널리 잭슨으로 이름을 바꾸었다.

2018년, 35만 달러였던 임대료를 80만 달러로 올려달라는 건물주의 요청에 맥널리 잭슨 소호점이 이전할지도 모른다는 소문이 돌았다. 50만 달러 가까이 임대료를 인상하다니, 정말 너무하지 않았나. 그 후 사라 잭슨은 동네 책방을 문 닫게 하는 요인은 아마존도, 코로나바이러스도 아니라 말도 안 되는 임대료 인상이라는 따끔한 글을 <뉴욕타임스> 사설란에 싣기도 했다. 다행히 65만 달러에 건물주와 합의한 사라는 그 뒤 새로운 지점을 연다고 공표했고 약속대로 2018년 윌리엄스버그 지점, 2019년 씨포트 지점, 2020년 시티 포인트 지점을 선보였다.

이제 다운타운 브루클린에 가면 절대로 지나칠 수 없는 장소가 된 시티 포인트 맥널리 잭슨은 방대한 규모에 걸맞게 미스터리, 호러, 역사, 정치, 요리, 경제, 건강, 자서전 등 거의 모든 장르의 도서를 갖추고 있다. 희귀 서적이나 고서까지 취급하며 시대와 지역별로 분류한 서가도 인상적이다.

문구류 코너도 꽤 큰데, 다른 책방에서는 볼 수 없는 고급스러운 노트와 앙증맞은 디자인의 펜 앞에 책이 잠시 뒷전으로 밀려날 때도 있다. 그건 아이 역시 마찬가지다. 엄마 닮아 문구류 욕심 또한 만만치 않은 아이는 제 손이 닿지 않는 높은 곳에 꽂힌 펜들을 가리키며 엄마를 참으로 다양한 방식으로 귀찮게 한다. 이제 그만 책 좀 보자며 아이와 함께 2층 아동 도서 코너로 향하는 길, 핼러윈을 맞아 온통 거미줄로 장식된 계단이 눈길을 끈다.

2층 아동 도서 코너는 그야말로 아이의 혼을 쏙 빼놓기

좋게 꾸며놓았다. 아이들 몸집에 맞게 제작된 의자와 책상, 소파는 물론 아늑한 독서 공간까지. 책을 싫어하는 아이도 책 한 권 들고 들어가 가만히 앉아 있고 싶게 만들 만큼 사랑스럽다. 맥널리 잭슨은 전 지점 아동 도서 코너에 이러한 리딩누크를 설치했는데, 시티 포인트 맥널리 잭슨은 넓은 규모에 걸맞게 그 어느 지점보다 큼지막하다.

리딩누크에 푹 빠진 아이가 집도 이렇게 꾸미면 좋겠다고 흘리듯 말한다. 내 책을 꽂을 자리도 부족해 마구잡이로 쌓아둔 지금 집에 과연 아이만의 서재를 마련할 수 있을까. 중요한 건 공간의 크기가 아니라 상상의 크기겠지만. 혼자 이런저런 상상을 하는 사이 아이가 골라온 책을 내 앞에 삐죽 내민다.

책은 『루비, 걱정을 발견하다Ruby Finds a Worry』. 형광에 가까운 녹색 표지에 'worry'로 보이는 노란색 존재가 루비 옆에 둥둥 떠 있다. 아하, 저놈이 worry인가 보군. 아이에게 무슨 걱정거리라도 있는지, 그래서 이 책을 선택한 건지 걱정부터 되는 엄마. 아이와 함께 일단 책을 읽어보기로 한다. 아무 걱정 없이 살던 어느 날, 루비는 worry를 발견한다. 역시나 아이가 끼어든다.

"잠깐, 그런데 어떻게 worry를 발견한 거야?"

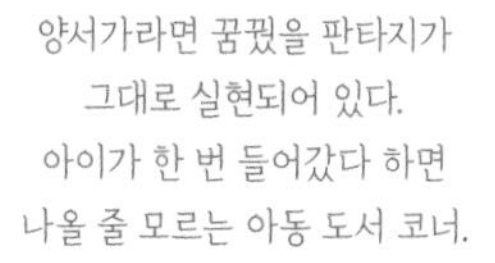
양서가라면 꿈꿨을 판타지가
그대로 실현되어 있다.
아이가 한 번 들어갔다 하면
나올 줄 모르는 아동 도서 코너.

"글쎄, 갑자기 마음속에 생겨난 게 아닐까. 원래 있었는데 문득 느꼈을 수도 있고. 수아는 worry를 발견한 적 없어?"

"있어."

"어떤 worry였는지 말해줄 수 있어?"

"아니, 말하고 싶지 않아."

"어, 그래. 그럼 말하고 싶을 때 꼭 말해줘. 여기 책에도 나오잖아. 말하는 순간 worry가 줄어들다가 결국 사라지는걸."

루비가 생각하면 할수록 worry는 자라나고 결국 루비는 worry를 'worry about' 하는 지경에까지 이른다. 그러다 다른 친구의 worry를 보게 되고 친구가 자신에게 worry를 털어놓는 순간 그 친구의 worry가 작아지는 모습을 마주한다. 그렇게 루비는 자신의 worry에 대처하는 법을 알아가는데. 루비가 다른 사람의 worry를 느끼게 되는 대목이 흥미롭다. 나의 worry를 털어놓는 용기도 필요하지만, 때론 다른 이들의 worry를 알아보고 귀 기울일 줄 아는 용기 역시 필요하니까.

아이의 표정이 만족스러워 보이길래 이제 1층으로 내려가 엄마 책 좀 보자고 하니 다리가 아프단다. 보통 동네책방에 가면 각자의 책을 읽기에 큰 문제가 되지 않는데 이 지점은 너무 넓은 데다 아동 도서 코너는 2층이라 따로 시간을 보내기가 쉽지 않다.

아이가 입구 근처 카드에 꽂힌 사이, 인디 베스트셀러를 재빨리 훑는다. 최근 한국에서 번역되어 나온 『마이너 필링스』는 물론 미국에 사는 한국인이라면 공감할 수밖에 없는 『H마트에서 울다』가 몇 개월째 그 자리를 지키고 있다. 한 작가는 한국인의 피가 절반 섞인 혼혈인, 또 다른 작가는 한국계 미국인이다.

괜히 콧대가 높아진 채 주위를 두리번거리다 초록색 표지 신간과 눈이 맞아버린다. 데버라 리비의 『부동산Real Estate』이다. 기다리던 책을 우연히 만나는 건 내가 책방 순례에서 가장 좋아하는 순간이다. 한 치의 망설임 없이 (아니, 사실은 가장 깨끗한 책을 고르려고 몇 번을 뒤적거리다) 한 권을 얼른 집어 들고 계산대로 향한다.

데버라 리비의 전작인 『살림 비용』은 적절한 순간에 내 삶에 도착했다. 코로나 사태가 절정일 무렵, 가족들과 동선이 겹치지 않도록 방 하나짜리 비좁은 집에 혼자만의 공간을 마련하려고 버둥대던 때였다. 데버라 리비는 쉰 살에 이혼을 결심하며 치러야 했던 대가를 이 강렬한 책 한 권에 담아냈다. 제목인 '살림 비용'은 나로 존재하기 위해 치른 비용이었던 셈이다. 그녀는 이혼 후 자기를 되찾아가는 과정을 이렇게 묘사한다. "남자와 아이의 안위와 행복을 우선순위로 두어 오던 가정이라는 동화의 벽지를 뜯어낸다는 건 그 뒤에 고마움도 사랑도 받지 못한 채 무시되거나 방치되어 있던 지친 여자를 돌아본다는 의미다."

결혼 생활에 불만인 모두가 그녀처럼 살림 비용을 부담하며 이혼을 결심할 순 없겠지만, 심장에 곧바로 꽂히는 이러한 문장들은 분명 수많은 여성의 답답한 가슴에 불을 지폈을 터. "인내하는 어머니, 너그러운 어머니는 내가 마지막까지 버리지 못한 여성성이다. 아이가 태어나면서 아내의 역할은 많은 부분 내게서 떨어져 나갔다. 그것조차 해내기엔 넉넉한 아량은 고사하고 시간과 체력이 부족했으니까"라는 글귀에서 나는 활자로 인쇄된 문장이 지닌 힘을 그 어느 때보다 강렬하게 느꼈다. 침묵을 뚫고 나온 목소리가 얼마나 크게 울려 퍼질 수 있는지 알았다.

『부동산』은 『살림 비용』의 후속작처럼 읽힌다. 이 책에서 데버라 리비는 'Real'이라는 단어를 'Unreal'과 상반되는 개념으로 사용한다. 지금은 비현실적unreal이지만 언젠가 현실적real이 될 자신의 집을 꿈꾸며 상상 속 집을 머릿

속에 차곡차곡 쌓아간다. 『살림 비용』에서 느껴졌던 과도기 특유의 어수선한 감정이 조금 정리된 느낌이다. 결혼이라는 제도의 그늘에서 완전히 빠져나온 그녀는 손에 잡힐 듯 잡히지 않는 사랑과도 같은 꿈의 집을 쫓는 대신 이렇게 선언한다. "나에게는 내가 썼으며 딸들에게 저작권을 물려줄 책들이 있다. 내 책들이 나의 부동산인 셈이다." 이렇게 말할 수 있는 사람이라면 살림 비용을 감수하면서 독립을 선언할 만하지 않겠는가. 현재 진행형인 그녀의 이야기를 더 듣고 싶은데 페이지는 끝나버렸으니 다음 책이 나올 때까지 오매불망 기다리는 수밖에 없다.

데버라 리비의 책들은 팬데믹이 미국을 휩쓸기 직전에 출간되었다가 아시아인 혐오 범죄가 급증하면서 다시금 주목받은 『마이너 필링스』와 묘하게 겹치는 지점이 있다. 마이너 필링스 즉 소수적 감정은 자신이 인식하는 현실이 끊임없이 의심받거나 무시당하는 경험에 자극받아 생긴 부정적이고 불쾌한 감정으로, 저자 캐시 박 홍은 『마이너 필링스』에서 아시아인 여성으로서 겪은 차별들을 조목조목 짚으며 자신의 정체성을 찾아 나간다.

이민자 1세대지만 그녀의 부모와는 다른 삶을 사는 나의 경험과 미국에서 자란 이민자 2세대인 그녀의 경험은

책의 홍수 속에 우왕좌왕하는 날에는
입구 근처 매대에 놓인 책들을 먼저 둘러본다.
그렇게 둘러보다가 우연히 마주친
데버라 리비의 신간.

전혀 다르다. 그런데도 책을 관통하는 명확한 메시지 때문에 읽는 내내 머뭇거릴 수밖에 없었다. 무의식적으로 백인의 환심을 사려고 행동하는 나의 모습이, 무의식적으로 다른 인종을 향해 품은 나의 반감이 읽혔다. 생각할 거리를, 무수한 질문을 던지는 바람에 차별을 당하는 자이자 차별을 하는 자로서 내 위치를 점검하느라 위태위태한 순간을 여러 번 건넜다.

외국에 살다 보니 나와는 다른 방식으로 미국 사회와 연결된 아이의 미래를 염려 섞인 시선으로 자주 그려본다. 내가 하지 못한 경험이기에 구체적인 조언을 건넬 수 없을까 봐, 아이가 나와 이질감을 느낄까 봐 지레 겁부터 날 때도 있다. "우리가 목청을 높이지 않으면 우리의 수치심은 억압적인 아시아 문화와 우리가 떠나온 나라에 의해 초래된 것이고, 미국은 우리에게 오로지 기회를 주었을 뿐이라는 신화를 영구화하게 된다"라는 캐시 박 홍의 말은 여자애들은 큰소리로 말해야 한다고 주장했던 데버라 리비의 『알고 싶지 않은 것들』과 맥락을 같이한다.

적극적인 아시아인이 된 적 없던 나는 이 땅에서 아이들을 어떻게 키워야 할까. 정답 없는 질문 앞에 또다시 서게 만드는 말이다.

<미나리> 제작사에서 『마이너 필링스』를 드라마로 제작한다는 얘기를 들었다. 자전적 이야기를 담은 소수의 이야기가 스크린에서는 또 어떻게 펼쳐질지 궁금하다. 소수 인종이 차별로 입은 피해의식에만 초점이 맞춰지지 않기를, 『H마트에서 울다』가 전 세계 독자에게 보편적인 이야기로 읽혔듯 낡은 인종 서사에서 벗어나 우리 모두의 서사로 그려지기를, 베스트셀러 자리에 나란히 앉은 두 책을 바라보며 생각했다.

사실 자체 베스트셀러를 뽑아 대형서점처럼 전시하고 전 지점이 2층으로 꾸며진 맥널리 잭슨은 동네책방이라 부르기에 규모가 좀 크기는 하다. 하지만 아마존 북스나 반스 앤 노블 같은 체인점과는 엄연히 다른 독립서점임이 분명하다. 맥널리 잭슨은 처음부터 해외 문학 코너를 내세우며 강한 개성을 드러냈다. 아프리카, 오세아니아, 유럽 등 대륙별로 또는 아일랜드, 스페인, 대만, 러시아, 한국 등 국가별로 정리된 문학이 한가득이다. 동네책방이 성공하려면 결국 '자기만의 색깔'이 있어야 함을 보여주는 그야말로 모범 사례다.

또 대형서점이 할 수 없는 맥널리 잭슨만의 고유하고 독특한 프로그램은 언제나 인기가 많다. 코로나가 절정에 달했을 무렵에는 대부분 행사가 온라인으로 이루어졌지만, 이제는 마스크를 쓰고 인원수를 제한하는 등 조치를 취하며 다시 오프라인 행사도 진행한다. 지난해 여름부터는 엘리자베스 스트리트 가든Elizabeth Street Garden과 협력해 격주로 시 낭독회를 열고 있다. 엘리자베스 스트리트 가든은 리틀 이태리와 소호 지역의 유일한 공용 녹지 공간으로 시 낭독과 정말 잘 어울리는 환상적인 정원이다.

맥널리 잭슨의 목적은 단순히 책 판매가 아니다. 우연이든 입소문이든 처음 방문한 사람이 다시 방문하도록 좋은 경험을 선사하는 일을 더 중요하게 생각한다. 1,000여 곳의 독립서점이 문을 닫을 시기에 문을 연 맥널리 잭슨이 지금까지 번창하는 비결이다.

이 모든 시도의 중심에는 사라가 있다. 서점 운영 경력이 이제 거의 20년에 다다르는 베테랑 책방지기인 그녀는 동네책방에는 사람을 모이게 하는 힘이 있다고 믿는다. 아마존은 엄청난 양의 책을 팔지만 아마존에서 일하는 사람들이 그 책을 사랑한다고 말할 수는 없지 않냐고 말한다. 이 단단한 주인장이 운영하는 맥널리 잭슨은 독립서점도 체인점을 낼 수 있음을, 옆으로도 위로도 팽창할 수 있음을 보여준다. 물론 그녀는 체인점이라는 말에는 대기업 냄새가 난다며 싫어하지만.

맥널리 잭슨에 가면 지역별로 분류된 서가가 참신하게 다가왔는데 다른 곳에서는 볼 수 없는 파격적인 시도에 독자들이 처음에 어떤 반응을 보였는지 궁금했다.

"김스 비디오Kim's Video라는 단체에서 영상을 그렇게 진열한 모습을 보고 응용해봤어요. 처음에는 부정적인 피드백이 많았죠. 저자들이 화를 내기도 했어요. 그래서 다시 A-Z식으로 했더니 판매가 감소하더군요. 맥널리 잭슨만의 개성을 죽이는 것 같아 저도 싫었기에 얼마 있다 원래대로 바꾸었고, 그 뒤로 한 번도 바꾸지 않았어요.
처음 책방을 열었을 때 저는 어렸고, 알다시피 사람들은 젊은 여자에게 이래라저래라 말하는 걸 좋아하잖아요. 사람들이 그냥 들어와서 저더러 이렇게 해라, 저렇게 해라 말들이 많았지요. 이제 저도 나이가 들고 책방도 어느 정도 안정을 찾아서 그런지 더 이상 그런 일은 없지만요. 앞으로도 맥널리 잭슨만의 개성을 고수할 예정입니다."

무례한 사람들의 행동은 한국이나 미국이나 크게 다르지 않나 보다. 그때보다 확실히 단단해진 그녀가 앞으로도 맥널리 잭슨만의 개성을 잘 지켜주기를 바라며 질문을 이어갔다. 보통 서점이 지점을 낼 때는 인테리어를 통일하기 마련인데, 맥널리 잭슨은 지점마다 분위기가 다르다. 시티 포인트 지점, 윌리엄스버그 지점, 소호 지점을 왜 다르게 꾸몄는지 궁금했다.

"소호에 처음 책방을 열었을 때 저는 돈도 없었고 아이디어도 별로 없었어요. 저만의 취향이 없지는 않았지만 취향을 갈고닦을 기회가 없었죠. 그러다가 문구점(이름은 'Goods for the Study')을 두 군데 운영하면서 디자인 감각을 키우게 되었어요. 정말 많이 배웠죠.

그래서 최근에 문을 연 지점들에는 소호 지점과는 다른 시도를 해본 거예요. 책방을 열 공간이 결정되면 우선 생각해봐요. 나는 건축적으로 흥미로운 공간을 원하는가, 아름답고 깊이 있는 공간, 책 냄새가 물씬 나는 공간을 원하는가? 소호가 후자에 가까웠다면 윌리엄스버그 지점은 조금 더 아름다운 공간을 추구했어요. 조금 더 밝고 디자인적으로 흥미를 불러일으킬 수 있는 공간 말이에요. 시티 포인트 지점은 다시 조금 더 어두워졌지만요(웃음)."

윌리엄스버그 지점 전경.
맥널리 잭슨은 지점마다 분위기가 다르다.

문구점 이야기가 나오니 묻지 않을 수 없었다. 굳이 문구 사업으로까지 손을 뻗은 이유를 말이다.

"미국인들이 사용하는 펜은 아시아나 유럽에 비하면 정말 형편없어요. 사람들은 문구류의 질에 별로 신경 쓰지 않죠. 하지만 더 괜찮은 제품을 접하면 자신들이 사용하던 제품의 질이 얼마나 별로였는지 깨닫게 되거든요. 사실 제가 문구 사업으로까지 손을 뻗은 가장 큰 이유는 사람들이 책방에 전시된 책이 아닌 다른 무언가를 통해 그 책방의 취향을 느낄 수 있으리라 생각했기 때문이에요."

그렇다면 성공한 셈이다. 시티 포인트 지점에서 가장 잘 보이는 장소를 차지하는 노트와 펜은 확실히 책방을 한층 돋보이도록 만들기 때문이다. 맥널리 잭슨에서 파는 책들은 다른 곳과는 다를 것만 같은 인상을 준다. 그런데 재밌게도 사라가 판매를 위해 처음 구입한 카드는 끔찍할 정도로 형편없었다고 한다. 자신이 얼마나 성장했는지 잊지 않기 위해 그 카드를 아직도 책상 위에 올려놓는다고 하니, 그녀가 초심을 잃지 않으려고 얼마나 노력하는 사람인지 알 것 같았다.

가족들과 주말에 시티 포인트에 갔다가 우연히 맥널리 잭슨 로고가 박힌 임대 공간을 보았던 때가 떠오른다. 시티 포인트는 타겟, 센츄리21 등이 입점한 상업적인 공간이었기에 독립서점이 들어설 리 없다고 고개를 저었지만 분명 맥널리 잭슨 로고였다. 사실을 확인한 뒤 내 머릿속을 가장 먼저 파고든 생각은 임대료 걱정이었다. 이 건물의 임대료 역시 만만치 않을 텐데. 소호 지점이 3년 전 그랬던 것처럼 위기에 처하면 어쩐단 말인가.

그 무렵 우연히 마주한 기사는 나의 걱정을 달래주었으니 이 지점은 임대료 걱정은 안 해도 된단다. 아마 지인이 건물주였던가 보다. 사람 일은 모르는 거지만 일단 안심이 되었다. 책에 푹 빠지고 싶은 날 마구 헤엄칠 수 있는 이렇게 큰 독립서점도 하나 정도는 있어야 하니까. 뻔한 베스트셀러로 채워진 백화점식 서점, 알고리즘이 책을 추천해주는 자동판매기식 서점이 아니라 머릿속에 박하사탕을 머금은 듯 화해지는 기분을 안겨주는 책으로 가득한 책방 그리고 그 풍경에 어울리는 사람이 되고 싶은 욕망을 부추기는 책방이 우리에게는 필요하다.

밖으로 나서는데 아이가 아쉬운지 쇼윈도에 전시된 책에서 눈을 떼지 못한다.

다양한 종류의 펜, 고품질 다이어리와
노트를 자랑하는 문구 코너.
문구 덕후라면 절대로
그냥 지나칠 수 없는 공간이다.

"엄마도 네 마음 잘 알아. 하지만 아쉬운 게 있어야 또 찾게 돼."

내 말에 아이가 수줍게 고개를 끄덕인다. 이럴 때 아이가 정말 예뻐 보이는 건 내 자식이라 그렇겠지. 그날 밤, 낮에 사 온 책을 다시 한번 읽고 누웠는데 아이가 물었다.

"그렇지만 진짜 눈에 보이지 않잖아, worry가."

"맞아, 그래도 느낄 수는 있잖아."

"응. 엄마도 worry 있어?"

"그럼!"

"엄마 worry는 뭔데?"

"주저리주저리…… 자, 그럼 이제 수아 worry는 뭔지 말해줄래?"

"싫은데."

"어, 그래. 나중에 마음이 바뀌면 언제든 말해도 돼, 알았지?"

"응, 나 근데 좀 무서워. worry가 보일까 봐. 그러니까 엄마 꼭 안고 잘래."

"그래(엄마 어깨가 좀 아플까 봐 worry되지만 말하지 않을게)."

" 책방을 열 공간이 결정되면 우선 생각해봐요.
나는 건축적으로 흥미로운 공간을 원하는가,
아름답고 깊이 있는 공간,
책 냄새가 물씬 나는 공간을 원하는가? "

맥널리 잭슨Mcnally Jackson

주소: 445 Gold St, Brooklyn, NY 11201

홈페이지: mcnallyjackson.com

운영 시간: 오전 10시~오후 8시(월-일)

6장

열정과 커뮤니티가 만들어낸,

그린라이트 북스토어Greenlight Bookstore

나이가 드니 엄청난 일이 나에게 일어나기를 바라기보다 제발 나를 피해 가기를 바라게 된다. 이십 대 후반에 번역가라는 두 번째 직업을 택한 것도 큰 사건 사고 없이 어떻게든 인생을 살아보고 싶었기 때문이다. 번역가로 살아가면서 감내해야 하는 모험이란 기획서를 쓰기 위해 한 권의 책을 읽고 정리하고 기약 없는 답을 기다리는 정도다. 애초에 나는 그다지 모험을 선호하는 사람이 아니다. 반면 외국에 산다는 건 그 자체만으로 모험이다. 내가 나서지 않아도 새로운 세상이 자꾸 앞에 나타난다. 예상치 못한 방식으로, 애초에 예상이 불가능했을 방식으로. 그에 대한 반작용으로 하루치의 나는 그만큼 움츠러든다.

내가 조금이나마 용기를 낼 때가 있는데 그건 아이와 함께할 때다. 아이가 아니었으면 가지 않았을 장소, 아이가 아니었으면 읽지 않았을 책을 통해 모험 속으로 한 발짝 다가간다. 그러다 보면 깨닫는다. 내 눈에 수줍어 보이기만 하는 아이는 어느덧 나보다 모험 앞에 용감한 아이가 되어 있음을 말이다.

"엄마, 나 어제 미스 헤일한테 먼저 얘기했어."

"무슨 얘기?"

"선생님이 좋아하는 색깔은 뭐냐고 물어봤어."

아이의 하루는 매일이 모험이다. 새로운 친구를 사귀는 일도 모험이고, 완벽하지 않은 영어로 선생님에게 말을 거는 일도 모험이다. 아이와 함께 책을 읽으며 그 시절의 나로 돌아가지 않았으면 모를 뻔했다. 당시에는 작은 행동 하나를 하는 데도 엄청난 에너지를 끌어모아야 했음을. 쉽게 얻어지는 것은 아무것도 없다. 용기 내서 앞으로 나아가는 아이를 보며 나도 더디지만 조금씩 이 사회로 들어가고 있다.

아이와 나란히 그린라이트 북스토어로 향하는 길, 용기라는 단어를 떠올린 이유는 이 책방의 주인장 제시카 스탁턴 백눌로 때문이었다. 모든 책방이 저마다의 이야기 속에서 피어나지만 2009년 10월 문을 연 그린라이트 북스토어의 비하인드 스토리에는 용기와 치열한 노력이 곳곳에 수놓여 있다. 제시카와 공동 창립자 레베카 피팅이 책방을 창립한 이야기는 한 편의 영화로 제작되어도 손색없을 정도로 스펙터클하다.

제시카와 레베카는 랜덤하우스, 펭귄 같은 주요 출판사를 비롯해 보더스, 북 컬처, 맥널리 잭슨, 쓰리 라이브스 등 책방에서 각자 도서 사업을 배웠다. 2008년 무렵 둘이 합쳐 무려 25년이란 경력을 쌓았는데 둘 다 마흔이 채 되

COMANDANT
BIGGIE!

기 전이었다. 그해 제시카는 서점 오픈 공모전에 사업계획서를 응모해 상금 1만 5천 달러를 거머쥐며 미디어와 현지 커뮤니티의 관심을 받는다. 둘은 기세를 몰아 책방을 열 계획을 세우는데, 마침 포트 그린 협회에서 급변하는 이 지역에 서점을 세우자며 연락을 취해온다. 설문조사 결과, 포트 그린 주민들이 동네에 지금 가장 바라는 시설이 서점이었다고 하니 그들에게 이보다 반가운 소식은 없지 않았을까.

브루클린 음악 아카데미BAM에서 열린 책방 사전 오프닝 파티에 300명이 넘는 이들이 참석한 가운데 제시카와 레베카는 파트너십을 공표했다. 그 후 커뮤니티 지도자들로부터 7만 달러가 넘는 스타트업 자금이 모이자 2009년 제시카와 레베카는 일곱 명의 직원을 고용한다. 둘은 포트 그린 686 풀톤 스트리트에 위치한 역사적인 건물을 임대했고 6월에 시작된 공사는 초가을까지 이어졌다. 지역 주민, 도서 산업 종사자들, 친구와 가족 모두 나서서 공간을 꾸미고 책장을 채우는 데 협조했다. 2009년 10월 그린라이트 북스토어에서 첫 책이 팔리는 순간, 제시카와 레베카는 자신들이 정말로 책방을 열었다는 사실을 실감했다.

그린라이트 북스토어는 지역 학교와의 파트너십을 통해

다양한 북페어를 개최하고 BAM의 오페라하우스와 하비 시어터Harvey Theater에 키오스크를 설치하는 등 지역 사회와의 연계 활동을 이어갔다. 2016년 11월 26일, 프로스펙스 레퍼트 가든에 새로운 지점을 열었으며 2018년 10월에는 포트 그린 지점 옆에 유어스 트룰리Yours Truly라는 문구점을 열기도 했다. 코로나 때문에 2020년 3월 문을 닫았다가 다른 동네책방들처럼 7월에 다시 문을 연 이곳의 직원 수는 이제 50명에 달한다.

홈페이지에 연도별로 가지런히 정리된 그린라이트 북스토어의 스토리는 열정 그리고 무엇보다도 커뮤니티에 관한 이야기다. 1993년부터 2020년까지 빼곡히 정리된 역사를 읽어 내려가는 동안 개인의 꿈에서 시작된 무언가가 지역 주민들의 성원에 힘입어 동네에 없어서는 안 될 주요 사업으로 뿌리내리기까지 펼쳐졌을 무수한 이야기가 필름처럼 스쳐 지나갔다. 무엇보다도 책방을 둘러싼 새로운 이야기는 지금도 매일 쓰이고 있다. 그 이야기가 과거가 되지 않도록 힘쓰는 무수한 이들의 응원과 연대가 힘을 보탠 덕분이다. 오늘은 또 어떠한 이야기가 펼쳐질지 기대감을 안고 책방으로 향했다.

쇼윈도에 진열된 책들을 한참 구경하다가 문을 열고 들

화려한 설립 스토리에 비해 상대적으로 평범한 책방 내부.
요란하지 않은 인테리어가 도리어 신뢰감을 준다.

어서니 천장에 매달린 앙증맞은 둥근 조명 여섯 개가 반갑게 맞이한다. 책방 구조가 특이한데 다른 서점처럼 직사각형이 아니라 계산대를 중심으로 왼쪽으로 길게 길이 나 있고 정면으로 두 갈래 길이 뻗어 있다. 정면으로 난 두 갈래 길은 이어져, 계산대에서 출발해 책장을 따라 책을 구경하며 걷다 보면 빙 둘러서 다시 계산대와 만난다. 군더더기 없는 인테리어 때문에 전반적으로 정갈하고 단정한 인상이다.

그린라이트 북스토어 역시 다른 브루클린 동네책방들처럼 동네 출신 작가들의 책을 중점적으로 소개하는 코너가 별도로 있다. 포트 그린에는 예전부터 유명한 작가들이 많이 살았다. 대표적인 작가로 월트 휘트먼. 「브루클린 페리 건너기」 같은 대표적인 시를 쓴 시인으로서뿐만 아니라 <브루클린 이글> 편집자로서 브루클린 문학계가 발전하는 데 주요한 역할을 한 인물이다. 동시대 작가로는 『맨해튼 비치』를 쓴 제니퍼 이건, 『언더그라운드 레일로드』를 쓴 콜슨 화이트헤드, 이곳에서 낭독회를 여러 번 한 줌파 라히리가 있다.

줌파 라히리는 2005년 포트 그린에 집을 사면서 '자신의 방'을 갖게 된다. 그전까지는 어린아이를 돌보며 일하는 세상 대부분의 엄마처럼 혼자 문 닫고 들어갈 공간조차 없던 그녀였다. 브루클린에 살기 시작하면서 그녀는 엄마로서의 삶과 작가로서의 삶이 동시에 가능함을 알았다고 한다. 앞서 비슷한 길을 걸은 주위의 작가들 덕분이었다. 겪어본 사람은 알겠지만 덜컥 들어섰다가는 곧바로 후회하는 험난한 여정이다. 아이에게 내어주는 시간과 글을 쓰는 시간이 양립할 수 없음을 깨닫고 좌절한 날도 많았다니, 한 명의 인간이자 같은 엄마로서의 그녀가 조금 더 현실적으로 다가온다.

오늘 온 것도 사실 줌파 라히리의 사인이 담긴 『내가 있는 곳』을 사기 위해서다. 이미 동네 도서관에서 빌려 읽은 책이지만 사인본으로 간직하고 싶었다. 그리하여 창가에서 본 그녀의 사인본을 소중하게 가슴에 품은 채 본격적으로 책방을 둘러보기 시작한다. 그런데 나의 시선을 잡아끄는 민트색 표지 앞에서 멈춰 선 순간, 누군가 출입문을 열고 들어온다. 어디서 많이 본 것 같다고 생각하는 찰나 편안한 웃음이 매력적인 그 여자가 만남을 약속한 듯한 누군가에게 자신을 제시카라고 소개한다. 오호라, 바로 그 책방지기 제시카구나. 사진으로만 봤던 그 멋진 주인장이 바로 눈앞에 있다니. 스토리를 알고 가서 그런지 괜히 그녀에게서 광채가 번진다.

사장님이 들어왔지만 누구 하나 자리에서 일어나 버선발로 달려가는 풍경은 벌어지지 않는다. 우리나라 같으면 사장님이 출두하셨다는 소식이 깔리면 전 직원이 나와서 호들갑을 떨 텐데. 그녀가 들어오기 전과 후 가게 안의 파장은 큰 변함이 없다. 매니저로 보이는 한 직원에게 오늘 책방 분위기는 어떠한지 질문을 던지는 그녀의 모습을 힐끔 쳐다봤다. 보아하니 어딘가에서 인터뷰 요청이 들어왔나 보다. 전문 사진사로 보이는 사람이 책방 이곳저곳을 찰칵찰칵 담는다.

나도 정신을 차리고 시선을 사로잡았던 책으로 다시 시선을 돌린다. 배경으로 찍힐지도 모르니 최대한 자연스럽게. 내 손에 들린 책은 『나는 어떻게 나무가 되었나How I Became a Tree』다. 줌파 라히리의 『내가 있는 곳』만 사 가려 했는데 책을 휘휘 훑다 보니 나무가 되고 싶은 욕망만으로 어떻게 한 권의 책을 썼을지 (나무가 되고 싶다는 생각을 해 본 적 있는 사람으로서) 무지 궁금해졌다. 첫 문장부터가 강렬하다. "처음에는 속옷이었다. 나무는 브래지어를 입지 않아도 되기 때문에 나는 나무가 되고 싶었다At first it was the underwear. I wanted to become a tree because trees did not wear bras." 예정에 없던 지출이지만 오늘은 내 판단을 믿어보기로 한다.

그런데 사인이 담긴 줌파 라히리의 책을 펼치는 순간 살짝 실망하고 만다. 작가의 사인이라고 하기엔 어린아이의 낙서에 가까운 모습이다. 한국 작가들의 정성 들인 사인에 익숙한 나는 미국 작가의 사인본을 볼 때마다 충격에 가까운 경험을 하는데, 이번에는 충격 수위가 예상을 뛰어넘는다. 작가가 글만 잘 쓰면 되지 싶으면서도 굳이 사인본을 구입하려는 사람들을 위해 조금 더 성의를 보였으면 하는 섭섭한 마음이 든다. 하지만 사인을 하는 데 작가들이 들이는 수고를 알기에, 또 줌파 라히리 정도면 얼마나 많은 저서에 사인을 해야 했을까 싶어 너그러운 마음으로 용서하기로 한다. 게다가 그쯤은 눈감아 줄 수 있을 만큼 나는 줌파 라히리를 아주 많이 사랑한다.

줌파 라히리를 향한 사랑을 어떻게 말로 다 표현할 수 있을까. 내 책장에서 가장 좋은 위치에는 출판사 마음산책에서 나온 줌파 라히리의 책이 전부 꽂혀 있다. 표지를 장식하는 에이미 베넷의 그림과 그녀의 소설이 썩 잘 어울려 공간만 허락한다면 책등이 아니라 표지를 전시해놓고 싶다. 덕후까지는 아니지만 나는 줌파 라히리의 작품을 정말 좋아한다. 물론 줌파 라히리는 작가들의 작가라 불릴

만큼 이미 많은 작가가 인생 작가로 손꼽기에 새삼스러울 것도 없지만 말이다.

벵골 출신의 이민자 가정에서 태어난 줌파 라히리는 퓰리처상을 비롯한 온갖 상을 휩쓴 위대한 작가이지만 어쩐지 나에게는 친근한 동네 작가로 다가온다. '미국인'이 아닌 '미국에 사는 사람'으로서의 나를 그녀의 작품 속 등장인물에 곧잘 포개 보는데 그때마다 그녀의 주인공들은 공감에서 한발 더 나아간 감정을 훅 던지고 홀연히 사라진다. 내가 미처 보지 못했던 생의 이면을 때로는 촘촘하게 때로는 우스꽝스럽게 그려 보인다.

그녀의 외도는 처음에 나를 꽤 당황시켰다. 그녀의 작품을 지나치게 사랑하는 나머지 나는 이탈리아로 떠난 그녀를 살짝 원망하기까지 했다. 줌파 라히리가 이탈리아어로 쓴 작품을 (한국어로) 읽으며 그녀가 왜 이탈리아로 갔는지 알게 된 후에야 그녀를 이해할 수 있었다. 그건 충동적인 행동이 아니라 꽤 계획적인 일이었다. 1999년 방문했던 피렌체에서 들려오는 소음과 문장, 말들에 큰 인상을 받은 그녀는 미국으로 돌아와 성실히 이탈리아어를 공부했다고 한다. 마침내 2012년 가족들과 함께 이탈리아 땅에 발을 디디는데 현실은 가혹했다.

줌파 라히리가 처음으로 이탈리아어로 낸 산문집 『이 작은 책은 언제나 나보다 크다』에는 이탈리아에 도착한 초기 그녀가 느낀 당혹감이 고스란히 담겨 있다. 그 후 그녀는 이탈리아어로 한 권의 산문을 더 발표하고 소설을 출간하기까지 한다. 굳이 그렇게까지 해야 했을까, 라는 나의 질문에 줌파 라히리는 "창작이라는 관점에서 봤을 때 안정감만큼 위험한 것은 없기 때문"이라고 말한다.

엘레나 페란테의 '나폴리 4부작'을 번역한 앤 골드스타인에게 자신의 산문집 번역을 맡긴 그녀지만, 소설 『내가 있는 곳』은 직접 번역했다. 처음부터 영어로 작품을 쓰는 것과 이탈리아어로 쓴 작품을 영어로 번역하는 것이 얼마나 다른 경험일지는 직접 해보기 전까지는 절대로 알 수 없겠지. 번역을 하면서 아예 다시 고쳐 쓰고 싶은 충동을 어떻게 억눌렀을까. 그녀의 작품을 영어로도 이탈리아어로도 읽은 이탈리아의 한 영문학 교수는 전혀 다른 두 사람이 쓴 듯한 느낌을 받았다고 한다.

줌파 라히리를 한국에 소개한 사람은 2003년 브루클린에 머물던 박상미 작가였다. 그녀는 실제로 줌파 라히리를 만나보았다고 하는데 그 모습이 매우 차분했단다. 제2의 줌파 라히리까지는 아니더라도 뉴욕에서 인기몰이를

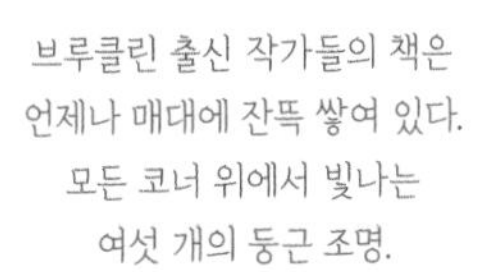
브루클린 출신 작가들의 책은
언제나 매대에 잔뜩 쌓여 있다.
모든 코너 위에서 빛나는
여섯 개의 둥근 조명.

하는 작가의 책을 소개해보고 싶다. 물론 나보다 발 빠른 사람들이 많아서 이 작가 괜찮네 생각하며 한가하게 읽는 사이, 벌써 한국어로 출간된다는 소식이 들리곤 한다. 뉴욕에 살아도 맨날 헛물이다. 줌파 라히리의 책과 함께 산 『나는 어떻게 나무가 되었나』의 저자 수마나 로이가 인도 출신이라는 사실은 순전히 우연일 뿐이겠지만 혹시나 하는 희망을 품어본다.

이제 그만 갈까 하는데 아이가 아직 책에 빠져 있다. 그렇다면 에세이 코너도 후딱 훑어볼까. 메리 루플의 산문집 『나의 사유 재산』을 만지작거리다가 표지에 끌려 메리 올리버의 『거슬러 올라가기Upstream』를 집어 들었다. 자연과의 교감을 통해 인간의 본모습을 탐구한 그녀의 문장에 빠져 잠시 다른 세계로 이동한다. 알고 있지만 실천은 어려움을, 책을 읽기는 쉽지만 제 것으로 소화해 새로운 내가 되기는 쉽지 않음을 그녀의 문장을 통해 또다시 느낀다.

메리 올리버는 분노, 슬픔, 불운의 제물이던 어린 시절을 말하며 자신은 자연계와 글의 세계인 문학, 이 두 문을 통해 고난의 장소에서 벗어날 수 있었다고 말한다. 아이들은 어른과는 달리 "자신의 환경을 바꿀 수 없어 무력하며 곤경에 처했을 때 그들을 둘러싼 모든 슬픔과 불운, 분노의 제물이 된다"는 말이 마음에 와서 콕 박힌다. 어른인 내 기준에서 그리 대단하지 않은 사건 하나하나에 아이가 민감하게 반응하며 세상을 잃은 듯 분노하는 슬픔의 근원이, 어찌할 수 없는 무력감일 줄 미처 생각하지 못했다. 그 어떠한 육아서보다 큰 울림을 주는 문장을 시인의 책에서 만날 줄 누가 알았으랴. 엉뚱한 데서 받아 든 그녀의 조언을 잊지 않기 위해 여러 번 읽고 집에 와 번역본을 찾아 또 밑줄을 그었다(이 책은 한국어 번역본이 없지만 『긴 호흡』과 겹치는 꼭지가 많다).

책방에 20분 정도 있었는데 코로나 전과 분위기가 크게 달라 보이지 않는다. 입구에 놓인 손 세정제와 30분이라는 제한 시간을 적은 문구 말고는. 실제로도 그럴까. 코로나가 가져온 변화에 대해 묻자 제시카는 이렇게 말한다.

> "판매가 전부 온라인으로 이루어지면서 판매 직원 30명을 해고했고, 5월까지 예약된 오프라인 행사를 온라인으로 전부 바꾸었어요. 그러한 행사를 실제 판매량과 연결 짓는 것은 쉽지 않은 일이지만 사람들과 연결되어 있다는 느낌을 지속하기 위해 행사를 계속 가졌죠. 인스타그램을 통해 물리적인 공간으로서 책방 모습을 계속해서 보여주기도 했고요.

코로나가 터진 직후인 2020년 4월 판매량이 40퍼센트 감소했지만 90퍼센트 감소하지 않은 게 어디냐고 긍정적으로 생각할 수밖에 없었죠.

현재는 온라인 구독 서비스와 북클럽을 연계한 프로젝트를 진행하고 있습니다. 온라인으로는 얼마든지 판을 벌일 수 있으니까요. 출판사와 기존에 진행하던 플랫폼이 있어서 그걸 활용하는데, 온라인 행사는 한동안 계속되리라 봐요. 아무리 상황이 정상으로 돌아온다 하더라도 예전처럼 학교에 저자를 초대해 500명이 넘는 학생들을 수용하는 행사를 열기란 쉽지 않을 테니까요. 물론 온라인으로 진행하면 더 많은 사람이, 찾아오지 못했을 사람들이 참석할 수 있다는 장점도 있지요."

코로나로 인해 판매량이 줄었다는 그녀의 말을 들으며 책의 장르에는 어떤 영향을 미쳤을지 궁금해졌다.

"코로나가 터지기 전에는 논픽션이 우세했는데 요즘은 픽션이 우세해요. 지금처럼 기이한 세상에선 아무래도 픽션이 사람들에게 더 와닿을 테니까요. 다른 곳으로 떠날 수 없는 지금은 상상 속에서나마 그럴 수 있도록 해주는 픽션이 인기가 높을 수밖에 없겠지요. 사람들이 익숙하고 편안하게 느끼는 책들, 가령 해리 포터 같은 스테디셀러도 많이 팔린답니다."

제시카는 예전에 큰 인기를 끌었던 책들을 다시 매대 위에 올려 수익을 꾀하고 있었다. 불확실한 상황에서 자신이 잘 아는 작가의 책을 찾는 기분이 어떤 건지 나도 안다. 판타지 같은 장르가 인기를 끄는 이유도. 내가 얼마 전 어슐러 르 귄의 책을 찾아 읽은 것도 같은 이유다.

코로나 위기는 그린라이트 북스토어에 그 밖에도 큰 변화를 가져왔으니 공동 창립자인 레베카가 2021년 10월 책방 운영에서 손을 뗀 것이다. 코로나가 수많은 워킹맘에게 미친 피해에서 그녀 역시 자유로울 수 없었나 보다. 어린 자녀를 돌보기 위해 책방 운영을 포기하기로 결정하기까지 그녀가 얼마나 많은 고민을 했을지 같은 워킹맘으로서 짐작하고도 남았기에 가슴이 아팠다. 다행히 책방 사업에서 아예 손을 떼지는 않았다고 하니 언젠가 그녀가 그린라이트 북스토어에 다시 합류하기를 기대해본다.

코로나의 위험이 완전히 사라지지 않은 지금, 고객들이 그린라이트 북스토어를 찾는 이유는 무엇일까? 아마존에서 쉽게 책을 구매할 수 있고 그편이 더 안전할지도 모르

스태프가 선정한 책들을 보면
이 책방 스태프들의 관심사가 읽힌다.
한쪽 서가를 장식한 독립출판물과
'시의 달' 특별 코너.

는 시대에 굳이 이 책방을 찾는 요인에 대해 제시카는 이렇게 말한다.

"고객들이 계속해서 저희 서점을 찾는 이유는 직원들을 믿기 때문이죠. 직원들은 고객들이 어떠한 책에 관심이 있는지 알아내려고 많이 노력하는 편이에요. 스스로도 저자인 경우가 많기 때문에 책에 대해 정말 많이 알고 있고요. 그래픽 소설가, 논픽션 작가, 극작가, 시인 등 다양한 장르를 소화하는 직원들은 저희 서점의 자랑거리랍니다. 그래서 스태프가 선정한 책은 잘 팔려요. 고객들은 가족 같은 분위기에서 나와 취향을 공유한 직원들이 권유하는 책을 만나러 다시 올 수밖에 없죠. 아마존에서는 불가능한 일이잖아요.
게다가 저희는 대형 출판사에서부터 독립출판에 이르기까지 온갖 종류의 책을 다루기 때문에 선호하는 출판사와 장르가 다른 수많은 고객의 니즈를 충족시킬 수 있지요."

나 또한 직원에게 어떤 책을 물었을 때 척 하고 꺼내줄 때나 자신들끼리 책 이야기를 주고받는 자연스러운 모습에 신뢰가 갔던 경험이 있다. 손으로 직접 쓴 추천의 글이 달린 'Staff picks'를 모아놓는 코너 또한 중요한 요소임이 분명하다. 아마존에서 할 수 없는 경험은 결국 사람과의 교류인데, 이 동네책방은 그 장점을 최대한 잘 활용하는 셈이다.

그런데 아이는 오늘 책 대신 다른 데 한눈을 팔고 있다. 아이 눈높이에 맞는 매대를 점령한 퍼즐과 장난감이 아이를 홀린 것. 아이가 있는 곳으로 가보니 퍼즐과 인형의 집 둘 다 마음에 들어 뭘 골라야 할지 모르겠단다. 그러면서 조심스럽게 묻는다.

"둘 다 사면 안 되지?"

마음에 드는 책을 보면 두 권 다 사고 싶은 나이기에 아이의 마음을 이해 못 하지는 않지만, 다음번에 또 올 구실을 만들어야 하므로 오늘은 하나만 사자고 설득한다. 결국 아이는 종이로 접어 완성하는 인형의 집을 집어 든다.

계산을 마친 모녀가 기쁜 마음으로 향한 곳은 바로 옆에 자리한 문구점. 재미있게도 독립문구점이라고 자신들을 소개하고 있다. 큐레이션된 카드, 노트, 펜, 연필, 기타 글쓰기 문구류를 판매하는데, 그중 노트는 일본에서 수입하는지 제품 포장지에 일본어가 그대로 쓰여 있다. 아기자기한 문구들과 연필을 주섬주섬 주워 담아 계산대로 가져가며 생각했다. 책방에 문구점까지 애서가들의 꿈을 고스란히 구현한 제시카는 지금 또 무엇을 궁리하고 있을까. 반짝이는 유행에 기대기보다 차곡차곡 쌓아 올린 경험과 실력으로 자신의 꿈을 현실화한 그녀의 머릿속에서 또 얼마나 근사한 아이디어가 나올지 기대된다.

"엄마, 하나 줄까?"

문구점에서 나오자마자 아이가 묻는다. 내가 매번 공책을 두 권씩 사면서 하나 줄까 했는데 오늘은 어째 입장이 바뀐 듯하다.

"엄마 줘도 괜찮겠어?"

"응! 근데 나중에 또 사줘야 해."

그리하여 사이좋게 노트를 한 권씩 나눠 가진 채 지하철로 향하는 엄마와 딸. 집으로 돌아가는 길에 문득 궁금해졌다. 나는 이 커뮤니티에 얼마나 깊이 발을 담그고 있을까. 나는 이 책방을 얼마나 아끼고 있을까. 한국어가 모국어인 나는 번역가라는 직업 때문에 원서에 대한 거부감은 없지만 둘 중 택하라면 당연히 한국 책방이다. 직관적으로 나에게 꽂히는 활자들로 가득한 책방과 내 쪽에서 먼저 다가가야 하는 책들이 한가득인 책방은 다를 수밖에 없다.

내 마음은 반쯤 한국 책방에, 반쯤 브루클린 동네책방

에 걸쳐 있는 셈인데 지금 내 몸이 있는 곳은 이곳이므로 우선은 내가 사는 동네책방을 아끼는 것이 옳겠지. 아마존에서 훨씬 싸게 살 수 있지만 가끔 들러 아이의 퍼즐이나 장난감을 사고, 아마존 상자를 뜯어보는 게 아니라 눈으로 보고 손으로 만진 책을 직접 골라 계산대로 들고 가는 기쁨을 누릴 줄 아는 아이로 키우는 것. 그것이 동네책방을 사랑하는 방법이 아닐까. 오늘 산 인형의 집을 놓칠세라 손에 꼭 쥔 아이를 바라보며 생각했다.

“ 고객들은 가족 같은 분위기에서
나와 취향을 공유한 직원들이 권유하는
책을 만나러 다시 올 수밖에 없죠.
아마존에서는 불가능한 일이잖아요. ”

그린라이트 북스토어Greenlight Bookstore

주소: 686 Fulton St, Brooklyn, NY, 11217

홈페이지: greenlightbookstore.com

운영 시간: 오전 10시~오후 9시(월-일)

7장

소설들이 사는,

센터 포 픽션 Center For Fiction

“우리 도장 찍으러 갈까?”

“무슨 도장?”

“엄마랑 같이 갔던 책방에 지금 가면 도장 찍어준대.”

“진짜? 그럼 가야지!”

매년 4월 마지막 주 토요일은 ‘독립서점의 날’이다. 이 날을 기리기 위해 4월 23일부터 30일까지 브루클린 북스토어 크롤Brooklyn Bookstore Crawl이란 행사가 개최된다. 2014년에 시작했지만 코로나 팬데믹 때문에 중단되었다가 3년 만에 다시 열리는 것. 이 행사에 참여하는 동네책방에 들러 서점 통행권bookstore passport을 받아 도장을 찍으면 된다. 4월 30일, 센터 포 픽션에서 최종 챔피언을 가린다고 하지만 굳이 최종 챔피언을 노리지는 않더라도 돌아다니며 보물찾기 하듯 도장 찍는 기분만으로 벌써부터 흥이 난다. 각 서점에서 굿즈를 나눠주거나 다양한 활동에 참여할 수 있는 데다 최소한 다섯 군데에서 도장을 받으면 25퍼센트 할인 쿠폰을 받는다.

이번에 참여하는 브루클린 동네책방은 테라스 북스, 커뮤니티 북스토어, 북스 아 매직, 그린라이트 북스토어, 센터 포 픽션, 파워하우스 온 에잇스 등 총 스물한 군데다. 도장을 찍는다고 하니 아이는 벌써부터 극도로 흥분한 상태다. 어른인 나도 설레는데 아이는 오죽 신날까. 다섯 군데만 채우려는 나와는 달리 아이는 엄청난 포부에 부풀어 있다.

한동안 발길이 뜸했던 책방이 오늘 우리의 사냥감이다. 그린라이트 북스토어에서 그리 멀지 않은 곳에 자리한 센터 포 픽션. 출입문을 열고 들어서면 바닥부터 천장까지 소설로 촘촘히 채워진 책장이 가장 먼저 눈에 들어온다. 애서가라면 한 번쯤 꿈꿔봤을 상상 속 그림이 눈앞에 고스란히 펼쳐진다. 큼지막한 창문으로 들어오는 햇살이 매대에 누운 책들을 기분 좋게 비추고, 그 햇살을 등지거나 마주한 채 느긋하게 앉은 책들은 다툼 없이 각자의 자리를 지킨다. 이토록 넓은 공간을 책으로 가득 메운 것도 모자라 한편에는 오디토리움과 카페까지 있다.

그런데 센터 포 픽션의 비밀은 그게 다가 아니다. 책을 파는 것만이 아니라 빌려주기도 한다. 그렇다, 사실 센터 포 픽션은 도서관이다. 공공도서관이 생기기 이전, 상업 도서관Mercantile Library으로 처음 문을 연 센터 포 픽션은 이름에서 알 수 있듯 소설을 주로 취급하는 비영리 단체다. 1821년에 젊은 상공인들의 교육을 위해 개인 자금이나 기부금으로 세워진 후 소장한 책의 수가 늘면서 로어 맨해

검은 책장과 바퀴 달린 이동식 사다리는 한 세트.
사다리 끝까지 올라야만 손이 닿는 곳에는 과연 무슨 책이 놓여 있을까?

튼에서부터 점점 위쪽으로 올라와 이스트 47번가까지 이동했다가 2019년 지금의 자리에 새로 문을 열었다.

200년이라는 긴 세월 동안 회원 수가 감소하는 등 위기에 처하기도 했지만 지금까지 꿋꿋이 살아남은 데다 현대적인 옷으로 갈아입는 등 시대 변화에도 유연하게 적응해 나가고 있다. 자신들의 현 상태에 만족하지 않고 조금 더 발전할 수 있는 방안을 끊임없이 강구하며 작가들의 동네로 뜨고 있는 브루클린으로 과감하게 이전하기로 결정한 결단력이야말로 센터 포 픽션을 지금까지 살아남게 만든 요인이 아니었을까 싶다.

관장의 바람대로 브루클린 음악 아카데미, 마크 모리스 댄스 그룹Mark Morris Dance Group이 인근에 위치하는 등 문화적으로 풍성한 환경을 곁에 둔 새로운 센터 포 픽션은 동네 작가들에게 공간을 임대해주고 카페를 운영하며 다채로운 행사를 진행하는 등 커뮤니티 중심지로서의 역할을 톡톡히 하고 있다.

1년에 180달러를 내면 센터 포 픽션의 멤버십 회원 자격을 누릴 수 있다. 회원들은 방대한 양의 책을 마음껏 빌릴 수 있을 뿐만 아니라 2층에 위치한 널찍한 공간을 무료로 이용하고 판매하는 책을 할인받을 수도 있다. 게다가 한 달에 250달러만 내면 작가들은 조용한 작업 공간을 임대할 수 있다. 오전 8시부터 오후 10시까지 사실상 하루 종일 이용할 수 있으니 뉴욕 어디에서도 이처럼 저렴한 코워킹 공간은 없다. 물론 문을 연 지 1년 만에 터진 코로나 사태 때문에 이 모든 혜택이 한동안 중단되기도 했다. 커피숍은 아직까지 문을 닫은 상태지만 오디토리움과 회원을 위한 2층 공간은 다시 문을 열었다.

오랜만에 찾은 책방은 한산했다. 스태프들의 활기찬 대화가 나른한 오후 책방 분위기를 그나마 살리고 있었다.

"엄마, 이리 와봐!"

"왜?"

"여기 재미있는 거 있어."

아이의 목소리가 들리는 곳으로 가니 못 보던 물건이 하나 보인다. 일명 스토리 키오스크! 코로나 시대를 고려해서인지 센서 감지식으로 작동하게 해놨다. 1분짜리, 3분짜리, 5분짜리 이야기를 배출하는 동그란 버튼이 세 개 보인다. 뭘 해야 할지 고민하는 사이 아이가 선수를 친다.

"전부 다 해보자!"

주위를 둘러보니 다행히 우리 말고는 스토리 키오스크에 관심을 보이는 사람이 없는 듯하다. 먼저 1분짜리 버튼

소설 서가 반대편을 차지하는 에세이 서가.
새로 생긴 스토리 키오스크, 센스 있게
센서식으로 작동하게 해놓았다.

위에 손을 갖다 대고 흔드니 짧은 시가 나오고, 연이어 3분짜리 위에 손을 대고 흔드니 조금 더 긴 이야기가 나온다. 마지막 5분짜리 위에 손을 올리니 꽤 긴 종이가 지지직 소리를 내며 쭉쭉 나온다. 그 소리가 조용한 책방 안에 꽤나 크게 울려 퍼져 엄마인 나는 눈치가 보이지만 그러거나 말거나 신이 난 아이는 그 소리에 더 보태 큰 목소리로 깔깔거린다. 민망함은 언제나 그렇듯 엄마의 몫이다.

이제 본격적으로 책방을 둘러볼 차례다. 가장 널찍한 공간은 당연히 소설들이 차지한다. 신간뿐만 아니라 스테디셀러와 독립출판사에서 출간한 책들도 잘 보이는 매대에 진열되어 있다. 오늘은 이곳에서 반가운 얼굴을 만났다. 신간 코너를 어슬렁거리다가 'Almond'라고 쓰여 있는 표지가 보이길래 설마 손원평 작가의 『아몬드』인가 싶어 찬찬히 살펴보니 정말 그 『아몬드』가 맞았다! 번역가 소개가 없어서 조금 아쉬웠으나 대신 번역가의 글이 실려 있었다. 영어로 번역되어 나왔는지 몰랐는데 눈에 확 띄는 표지를 입고 누운 모습을 보니 뿌듯했다.

번역본으로 출간된 한국 문학을 접할 때마다 나의 기분 지수는 몇 단계 상승한다. 주위 사람을 붙잡고 주책맞게 이 책 한국 문학이라고 막 자랑하고 싶다. 『채식주의자』가 아무리 맨부커상을 받으며 화제를 불러왔어도 현지 독자 가운데에는 그 소설이 한국 문학인지 모르는 사람이 많다. 한국 문학이 업계 사람들만이 아니라 일반인들의 책장 안으로까지 깊숙이 침투하려면 나 같은 현지 요원(?)들이 적재적소에서 펼치는 수다 전략이 더 효과적일지도 모른다. 한 분야에 치중되지 않은 다양한 한국 문학이 전 세계 동네책방을 장식한다면 이 요원들의 활동이 조금 더 수월해지지 않을까.

혼자만의 생각에 빠져 히죽거리고 있자니 아이가 힐끔힐끔 쳐다본다. 아이에게 엄마가 아는 책이라고, 원래 작가가 한국어로 쓴 건데 번역가가 영어로 옮긴 거라고 설명한다.

"엄마처럼?"

"그렇지! 방향은 반대지만."

예전에는 아이에게 내 직업을 설명해도 도통 이해하지 못했다. 그러다가 한국어와 영어를 둘 다 읽을 수 있게 되면서 아이는 내 직업을 자연스럽게 받아들이기 시작했다. 이제는 영어 원서와 한국어 번역본의 표지를 비교하는 여유까지 생겼다. 학교에 다녀와서는 일 많이 했냐며 점검 아닌 점검까지 한다. 아이가 조금 더 자라면 번역을 비교하며 지적까지 하는 건 아닐지, 그건 아무래도 지나친 상상이겠지?

아이 손을 잡고 다시 키오스크가 있는 쪽으로 갔다. 그쪽에는 내가 좋아하는 글쓰기 에세이 코너가 있다. 센터 포 픽션은 소설만 취급하지 않는다. 처음 문을 열었을 때는 소설만 있었는데 지금은 요리책이나 에세이, 회고록처럼 다른 장르도 찾아볼 수 있다. 그곳으로 가자 나의 시선은 자연스레 카페가 있던 곳으로 향한다. 이제는 아동 도서가 차지한 테이블을 보니 커피를 옆에 놓고 책을 읽거나 일을 하던 때가 생각난다. 아쉬운 마음을 애써 달래며 아동 도서들을 둘러보다가 재클린 우드슨의 『너의 이야기를 들려줘』에 시선이 꽂힌다. 나의 시선을 읽은 건지, 여자아이가 슬쩍 곁눈질하고 있는 표지에 끌린 건지 아이도 책을 향해 손을 뻗는다.

이 책의 원제는 'The Day You Begin'. 낯선 학교에 처음 들어간 아이에게 전하는 편지이자 한 편의 시처럼 읽힌다. 아무도 자신을 모르는 곳에 발을 딛는 경험은 우리가 지금도 무수히 반복하는 일상이기에 아이 입장에서 그리고는 있지만 사실 우리 모두에게 와닿는 이야기다.

"교실 문을 열었을 때 너랑 비슷한 아이가 한 명도 없을 수도 있어. 모든 게 친구들과 다를지도 몰라. 어쩌면 너의 말을 이해하지 못해 웃음을 터뜨리는 아이도 있을 거야. 같은 곳에 있지만 친구들과 따로 떨어진 것처럼 느껴질 수도 있어. 하지만…… 걱정 마. 네 곁에는 언제나 용감한 네 자신이 있어. 너는 충분히 강하고 준비가 되어 있어. 조금 전보다 크고 힘찬 목소리로 너의 시간과 네가 좋아하는 것들 그리고 너의 생각을 이야기해. 그러면 친구들은 너를 조금씩 알게 될 거야."

그리하여 주인공은 용기 내 자신의 이야기를 한다. 남들이 방학 때 해외여행을 다녀온 이야기에 기가 죽었던 주인공은 방학 내내 여동생을 돌보며 함께 책을 읽고 자신만의 방식으로 전 세계를 여행한 이야기를 전보다 조금 더 강하고 힘찬 목소리로 말한다. 그렇게 아이를 감싸는 공간은 조금 더 넓어지고 우리는 달라 보이는 친구들과도 비슷한 점을 찾을 수 있음을 알게 된다.

한글 번역본도 훌륭하지만 영어로 읽었을 때 운율이 더 살아나는 책이라(이를테면 your laughter and your lunches your books, your travel and your stories) 그 후로도 아이에게 읽어줄 때마다 시를 읊는 기분이 든다. 그런데 이 책을 읽을 때면 아이가 아니라 내가 주인공이 되고 만다. 밝고

창가는 물론 기둥에 매단 선반까지 알차게 차지하고 앉아 있는 책들.
시원하게 뚫린 통창 너머로 번잡한 브루클린 시내가 내다보인다.

다채로운 색상의 그림이 마음을 물들이며 나를 어린 시절로 훌쩍 데려가 버리기 때문이다. 도시락 반찬이 신경 쓰이거나 체육 시간에 편을 가를 때 친구들에게 선택되기를 기다리던 초조한 순간이 삶에서 큰 지분을 차지하던 때로. 시대가 바뀌었다지만 아이들의 마음에서 일어나는 감정의 요동은 그때나 지금이나 크게 다르지 않다. 내가 읽어주지 않아도 아이가 저 혼자 가끔 책장에서 꺼내 읽는 걸 봐서 아이의 마음을 끄는 지점이 확실히 있는가 보다. 이 책은 학기가 시작될 때마다 들춰보기에도 좋다. 직설적으로 학교에 적응하기를 강요하는 다른 책들과는 달리 첫 시작 앞에 선 우리 모두에게 부담 없는 위로를 건네기 때문이다.

센터 포 픽션 책방을 운영하는 벤자민 리벡 역시 휴스턴에 살다가 새로운 출발을 위해 브루클린으로 과감하게 터전을 옮긴 사람이다. 사실 이 책을 쓰기 전까지만 해도 센터 포 픽션에서 책방 운영이 별도로 이루어지는 줄 몰랐다. 민간 도서관이므로 책을 파는 사업은 곁다리로 하리라 짐작만 했을 뿐이었다. 하지만 브루클린에 새로 문을 연 센터 포 픽션의 얼굴은 누가 뭐래도 전면을 가득 메운 높다란 책장이다. 그 책장에 꽂힐 책을 선별하기 위해 누군가의 노동이 투입됐겠지. 누군가는 책방 운영이라는 보이지 않는 일을 하고 있다는 뜻이다.

벤자민 리벡의 스토리를 알게 된 나는 그제야 이곳이 도서관이자 책방이라는 이중적인 성격을 지닌 공간임을 깨달았다. 메인주 출신인 벤자민은 애리조나 투스칸에서 창의적 글쓰기 과정을 가르치다가 2014년 휴스턴에 정착했다. 우연히 들린 브라조스 북스토어Brazos Bookstore에서 일하며 책방과 인연을 맺었다는데, 그는 어쩌다 휴스턴에서 브루클린까지 오게 되었을까?

"제가 일하던 브라조스 북스토어는 그리 크지 않은 책방이었어요. 소규모 사업은 자신만의 방식을 구축해 간다는 특징이 있잖아요. 게다가 제가 책 판매 사업을 경험한 건 그때가 처음이었어요. 현장에서 발로 뛰면서 배우고 재고, 마케팅, 이벤트, 구입, 재정, HR 등등 그때그때 상황을 봐가며 결정을 내렸죠.

그러다가 새로운 센터 포 픽션이 브루클린에 지어진다는 소문을 들었어요. 소문만 들어도 설렜어요. 소설을 정말 좋아하거든요. 브라조스 북스토어에서도 독립출판, 번역서, 신진 작가에 주력했는데, 개인적으로 신예 작가나 젊은 작가에게 애정이 있습니다. 그들 특유의 에너지와 열정이 좋아요. 센터 포 픽션이 작가들 경력을 지원하고 젊은 작가를 찾아 알리고 다른 곳에서는 찾을 수 없을지도 모르는 책에 주목한다는 점이 인상적이라 일하고 싶었어요. 이곳에서 일할 수 있어 행운이라고 생각합니다."

브라조스 북스토어에 일하던 시절부터 벤자민은 사람들이 독립서점을 찾게 만드는 요인이 무엇인지 늘 생각했다고 한다.

"서점을 찾는 경험은 애플스토어에 들어가거나 핸드폰 같은 기계를 사는 것과는 다르잖아요. 이따금 손님들은 무엇을 살지 명확히 아는 상태로 서점에 들어와요. 취향이 확실한 경우죠. 하지만 무엇을 살지 모르기 때문에 서점에 들어오는 경우도 있습니다. 그들이 서점에서 어떤 책을 만나게 될지는 아무도 알 수 없어요. 저는 그것이야말로 문학에 빠지는 흥미로운 방식이라고 봐요. 확실하지 않은 무언가를 찾아 사람들은 대형서점이 아닌 독립서점을 찾죠. 바로 독립서점이 가야 할 방향입니다."

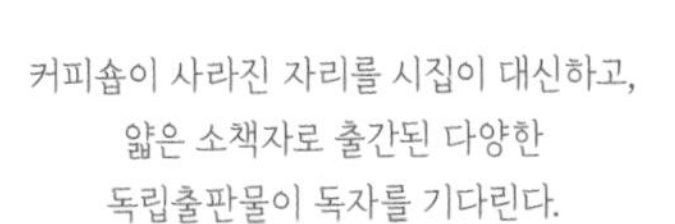
커피숍이 사라진 자리를 시집이 대신하고,
얇은 소책자로 출간된 다양한
독립출판물이 독자를 기다린다.

그렇다면 다른 동네책방과는 다른 센터 포 픽션만의 특징은 무엇일까?

"서점에 있는 책들을 둘러보면 저자의 시간과 에너지, 감정 투자가 보여요. 모든 책은 그 책을 쓴 작가에게 세상에서 가장 중요한 물건입니다. 그래서 저는 책방 운영이 정말 겸허한 일이라고 생각해요. 책방은 작가의 작품이 사람들에게 가닿는 마지막 순간을 돕는 거잖아요. 저는 그들의 작업을 존중해요. 정말 어려운 일이거든요. 책을 쓰는 일은 쉽지 않죠. 그렇기 때문에 센터 포 픽션 같은 장소가 필요해요. 초기 단계부터 작가들을 지원하고 돕는 그런 장소 말이에요. 센터 포 픽션은 오래전부터 젊은 작가들을 지지하고 글을 쓸 수 있는 공간을 지원하고 있어요. 물론 기본적으로 비영리 단체이기에 가능한 일이기도 하겠지만요."

작가이기도 한 벤자민은 그 경험 덕분에 실제 한 권의 책으로 나오기까지의 모든 과정에 큰 경의를 품게 되었다고 말한다. 때문에 센터 포 픽션의 존재 의의에 더욱 공감하게 되었을지도 모른다. 그의 말처럼 비영리 단체이기에 가능한 일이겠지만 한국에서도 정부 차원에서 동네책방을 지원하는 사업이 더욱 활발해져야 하지 않을까.

센터 포 픽션은 처음 문을 열었을 때 노동자 계층의 문화생활을 적극 지원하기 위해 말과 마차를 이용한 도서 배달 서비스도 제공했다고 한다. 동네책방이 대형서점과의 경쟁에서 밀리는 주요 이유 중 하나가 별도로 부과하는 배송비임을 고려할 때 정부 차원에서 동네책방의 배송비만이라도 지원해주는 프로그램을 운영하면 어떨지 생각해본다.

센터 포 픽션에서 내가 가장 자주 찾아보는 작가는 엘리자베스 스트라우트다. 『무엇이든 가능하다』도, 『올리브 키터리지』도, 『내 이름은 루시 바턴』도 이곳에서 만났다. 널찍한 서가를 꼼꼼히 뒤지며 내 책장에도 있는 책들을 굳이 꺼내 한 번씩 읽어본다. 아는 동생이 왜 엘리자베스 스트라우트를 좋아하는지 물은 적이 있다. 나는 대답 대신 『올리브 키터리지』에 나오는 좋아하는 문장을 말해주었다.

아들의 결혼식 날, 불편한 드레스를 입고 하객들 사이에서 정신없는 하루를 보내던 올리브 키터리지는 "커다란 가죽 핸드백에 챙겨 넣은 블루베리 케이크 한 조각을 생각하니 기분이 좋다"라고 말한다. 나와는 전혀 다르다고

POULTRYGEIST
HAUNTED
Boo Stew
vampenguin

생각한 올리브가 내뱉은 이 문장을 읽을 때마다 그녀와 나 사이를 가로막던 심적인 거리가 훅 좁혀진다. 내가 엘리자베스 스트라우트를 좋아하는 마음 역시 저 문장 안에 있을지도 모른다. 그러니까 나에게 엘리자베스 스트라우트는 "커다란 가죽 핸드백에 챙겨 넣은 블루베리 케이크 한 조각" 같은 사람이다.

올리브 키터리지 얘기를 살짝 하자면 그녀는 누가 뭐래도 괴팍하다. 남들 눈치를 보면서 상냥한 척하지도 않는다. 그런데 그녀가 하는 말 중 틀린 말은 없다. 함께 있으면 불편한 사람이지만 그녀에게서 자신을 보지 않는 이가 없을 만큼 다층적인 인물이다.

『올리브 키터리지』는 올리브를 주인공처럼 내세우지만 사실은 그녀를 둘러싼 마을 사람들의 이야기이기도 하다. 십 대부터 칠십 대에 이르기까지 수많은 등장인물이 빚어내는 삶의 굴곡들은 우리 모두 언젠가 넘어갔을, 지금도 넘어가고 있을, 앞으로 넘어갈 순간들이다. 작가가 만들어내기는 했지만 어느덧 자신들의 세상을 직접 구축하며 살아가는 듯한 생생한 캐릭터들은 우리가 행복하고 성공해서가 아니라 고통받는 존재이기에 서로를 향해 공감과 연민을 느낄 수 있음을 일러준다. 결함투성이의 우리이기에 오늘도 서로를 이해하며 살아간다.

엘리자베스 스트라우트는 뉴욕에서 멀지 않은 메인주 포틀랜드에서 태어나 메인주와 뉴햄프셔주의 작은 마을에서 자랐다. 소설을 쓰고 싶었지만 거절이 반복되자 두려움에 법학을 전공하고 법률회사에서 일하기도 했다는데, 결국 일을 그만두고 뉴욕으로 돌아와 글쓰기에 매진했다고 한다. 쓰고 싶은 사람은 써야 하는 법이다. 돌고 돌아 자신의 자리를 찾은 그녀의 글은 대중적인 동시에 예리하다.

신작 출간 전날 엘리자베스 스트라우트가 편집자와 대화를 나누는 온라인 행사가 있었다. 브루클린 파크 슬로프를 비롯해 뉴욕에서 30년이 넘는 세월을 보낸 그녀는 이제 아예 고향인 메인주로 돌아가 있었다. 아끼는 작가의 현황을 실시간으로 접할 수 있는 시대에 살고 있음에 감사하다가 그날 얼마나 많은 사람이 온라인에 접속했을까 궁금해졌다. 센터 포 픽션이 문을 연 200여 년 전, 마크 트웨인이 강연할 때는 너무 많은 관중이 모이는 바람에 하룻밤에 두 번이나 강연해야 했다고 한다. 온라인이 존재하지 않았던 당시에는 이런 방식으로 작가와 독자가 만나게 되리라곤 상상조차 못 했겠지. 과학기술이 작가의 신비감은 조금 줄였을지 몰라도 작가와 독자 사이 거리만은 확실히 좁힌 셈이다.

편리한 온라인 세상이지만, 아니 그렇기 때문에 가끔은 얼굴을 맞댄 소통이 그리워진다. 2019년 말, 코로나 사태가 발생하기 전 주중 저녁에 센터 포 픽션에서 열린 행사에 참석한 적이 있다. 어린 두 아이가 있는 엄마로서 오후 6시는 참으로 애매한 시간이었다. 그러나 엘레나 페란테의 '나폴리 4부작'과 줌파 라히리의 이탈리어 산문집을 영어로 번역한 앤 골드스타인과 『뉴욕은 교열 중』, 『그리스는 교열 중』을 쓴 <뉴요커>의 책임 교열자 메리 노리스가 참석한다기에 안 갈 수 없었다. 티켓값은 25달러. 하지만 25달러를 쿠폰으로 돌려주어 나중에 책을 살 때 할인받을 수 있으니 결국 강의는 무료인 셈이었다.

기술적인 문제 때문에 행사가 30분 넘게 지연되었음에도 참석한 사람들은 한 손에 와인을 든 채 자기들끼리 밀린 담소를 주고받으며 그 시간을 기꺼이 즐겼다. 대부분 출판 관계자처럼 보였으나 나처럼 호기심에 온 사람들도 꽤 있는 듯했다. 같은 번역가로서 어떠한 영감을 받을 수 있지 않을까 싶어 두 귀를 쫑긋 세웠지만 지금 내 기억에 남은 건 통통 튀는 귀여운 메리 노리스와 차분한 앤 골드스타인이 만들어낸 그날의 분위기뿐이다.

그들이 나누는 얘기를 100퍼센트 이해할 순 없었지만 단테의 『신곡』을 이탈리아어로 읽어주던 앤 골드스타인의 목소리는 잊지 않았다. 두 사람을 엮어준 인연과 그들이 쌓아온 우정도. 젊은 시절 <뉴요커>의 교열 담당자로 만난 둘은 각자의 길을 걸으면서도 서로에게 응원과 지지를 아끼지 않고 있었다. 그들의 관계는 내 주위의 읽고 쓰는 여성들을 상기하게 했으니 언제까지나 그들을 향한 응원을 그치지 않겠다고 나직이 다짐하기도 했다.

나 같은 사람에게 북토크 같은 행사는 한밤의 나들이다. 두 아이의 뒤치다꺼리를 등지고 저녁 식사를 마련하는 의무에서 벗어나 홀로 즐기는 짜릿한 시간. 각자의 자리에서 컴퓨터를 켜고 접속하는 경계 없는 세상이 아니라 같은 공간 안에 존재함으로써 형성되는 우리만의 작은 세상. 코로나 때문에 한동안 쉽게 경험하지 못했지만 그나마 한때의 기억이라도 품고 있어 다행이다. 아니 한때의 기억을 품고 있어 더 위험할지도. 그날이 다시 오면 하루 저녁쯤은 저희끼리 해결하라지, 하며 혼자만의 은밀한 시간을 향해 훨훨 날아가야겠다. 말은 이렇게 해도 저녁거리를 일찌감치 준비해놓고 출발할 게 뻔하다.

" 저는 책방 운영이 정말 겸허한 일이라고 생각해요.
책방은 작가의 작품이 사람들에게 가닿는
마지막 순간을 돕는 거잖아요. "

센터 포 픽션Center For Fiction

주소: 15 Lafayette Ave, Brooklyn, NY 11217
홈페이지: centerforfiction.org
운영시간: 오전 11시~오후 8시(월-일)

8장

시간이 느리게 흐르는 헌책방,

북 서그 네이션Book Thug Nation

"엄마! 투스 페리Tooth Fairy가 코인 놓고 갔어!"

일어나자마자 아이가 나를 다급히 부른다. 엄마가 어젯밤 자신이 베개 아래 넣어둔 이를 가져가고 그 자리에 아마존에서 산 코인을 넣어둔 사실을 모르는 아이는 연신 신기하고 뿌듯한지 코인을 바라본다.

"투스 페리한테 땡큐 노트 쓸 거야."

이가 빠진 자리가 허전한지 혀를 들이밀어 보더니 나머지 이는 언제 빠지냐며 다그치는 아이. 저 모습을 언제까지 볼 수 있을까? 스무 개의 이가 다 빠질 때까지 아이는 산타를 믿는 마음으로 '이의 요정'을 절대적으로 믿을까?

"투스 페리한테 한 번 더 코인 받으면 그 돈으로 책 사러 갈까?"

"좋아!"

그 돈이 실제로 거래되는 돈이 아니란 사실 역시 너는 모르지. 아이의 이는 생각보다 더디게 빠진다. 유치가 영구치로 교체되고 면역 체계가 성인 수준에 이르며 비로소 세상에 맞설 몸으로 태어나는 시기가 만 일곱 살이라고 하니 조금 더 기다려보는 수밖에. 신체적으로 인간의 전성기는 7세, 넌 아직 전성기에 이르지 않은 셈이다.

하루에도 몇 번씩 거울을 들여다보더니 어느 날 또 다

른 이가 드디어 흔들리기 시작했나 보다. 투스 페리에게 받은 동전 두 개를 흔들어 보이며 잔뜩 신이 났다. 그런 아이를 데리고 오늘은 동네에서 조금 멀리 나가보기로 한다. 신발 끈을 바짝 조인 후 관광객들의 천국 윌리엄스버그로 향하는 지하철에 올랐다.

중고 서적이 한가득 꽂힌 낡은 카트가 앞에 서 있지 않았더라면 모르고 지나칠 뻔했다. 오늘의 목적지 북 서그네이션이다. 의외의 외관 앞에서 갸우뚱하는 사이 카트를 본 아이가 쪼르르 달려가 몇 권 꽂혀 있는 아동서를 용케 찾아낸다. 나도 몇 권 골라볼까 하다 궁금증에 못 이겨 우선 들어가 보기로 한다. 안으로 들어간 나는 다시 한번 놀라고 만다. 연회색 노출 콘크리트에 짙은 청색으로 포인트를 준 멀끔한 외관과는 달리 생각보다 작은 가게 안은 빈티지한 느낌이 충만하다. 천장에 달린 모빌, 낡은 책장에 붙은 스티커, 책장과 벽면 곳곳에 부착된 사진과 포스터, 한쪽 구석에 자리한 LP판과 레코드 그리고 방문하는 사람들까지도 꾸미지 않은 힙함이 넘친다.

책방 안에 들어선 내 발걸음을 붙잡은 건 조그만 매대다. 조지 오웰의 『동물농장』 같은 유명한 소설들의 빈티지 비전이 저렴한 가격에 판매되고 있다. 그 옆에 도리스

레싱의 『다섯째 아이』가 보인다. 핼러윈 분위기에 딱 맞는 표지가 날 좀 어서 데려가라고 조른다. 1989년에 출간된 초판 빈티지 인터내셔널 에디션으로 뒤집어보니 조그맣게 8달러, 라고 쓰여 있다. 오래된 종이 특유의 쿰쿰한 냄새에 기분 좋은 현기증이 밀려온다.

매대 위에는 앨리스 먼로의 책들도 한가득 쌓여 있다. 가장 많이 쌓인 책은 『소녀와 여자들의 삶』, 단편의 여왕 앨리스 먼로가 유일하게 선보인 장편이다. 앨리스 먼로는 내가 그녀의 소설을 대학원 졸업 작품으로 선정했을 만큼 아끼는 작가다. 물론 그 당시에는 번역이 쉬워 보여 그녀의 작품을 선택했지만(그럴 리가) 내가 뭘 알고 번역했을까 싶기도 하다.

각 장이 완성된 단편처럼 읽히는 이 소설은 그 시절 특유의 순수함과 영악함이 뒤섞인 여자아이의 일인칭 서술로 조곤조곤 이야기를 끌어나간다. 1970년대 캐나다를 배경으로 하는 한 소녀의 성장기에는 작가 자신의 경험이 녹아 있을 수밖에 없을 테니 어디까지가 작가의 목소리고 어디까지가 주인공 델의 목소리인지 명확히 구분 짓는 건 무의미한 일이겠다.

주인공 델은 특유의 호기심으로 주변 사람의 삶을, 특

히 자기 삶에 크나큰 영향을 미치는 주위 여성의 삶을 집요하게 관찰한다. 가장 가까운 여성은 다름 아닌 엄마. 델은 엄마의 왕성한 지식욕을 부끄러워하지만 "우리가 알고 있는 엄마의 모습은 이따금 약간 흐릿하고 곁길로 빠진 듯 보일지 몰라도 엄마는 그 모습 안에 온 힘을 다해 싸우고 희망에 부풀었던 젊은 시절을 간직하고 있었다"라고 말한다. 엄마와는 완전히 반대 축에 있는 고모할머니들 또한 관찰 대상이다. 바느질과 요리가 인생의 전부인, 자신들만의 세상에서 벗어나지 못하는 그녀들.

그 모든 이야기를 흡수하고 그들의 생각에 의문을 제기한 델은 고리타분한 관습에 매인 대고모들이나 자신만의 지식으로 무장한 척했지만 결국 한계에서 벗어나지 못한 엄마와는 다른 자신만의 삶을 살고자 한다. 그건 소녀의 삶도 여성의 삶도 아닌 인간의 삶이었고 작가의 삶이었다.

엄마가 된 이후 앨리스 먼로 책을 다시 읽으니 아이의 눈에 비친 나의 모습이 어떨지 새삼 궁금하다. 화가 날 때 아이의 입에서 불쑥 나오는 말들을 떠올리면 아이도 나름 자신의 눈으로 엄마를 재단하고 있는 듯한데 그게 화가 나서 그냥 한 말인지 진심인지 나는 솔직히 잘 모르겠다. 오늘 밤에는 그 얘기를 나눠봐야지.

빛바랜 사진이나 스티커,
신문 기사 따위가
덕지덕지 붙어 있는 책장.

매대를 돌아 본격적으로 책방을 둘러보려는 찰나, 바깥면에 뭔가 덕지덕지 붙은 책장이 시선을 붙든다. 한참을 들여다보니 잠비아, 말라위 등의 화폐와 다른 책방들의 책갈피, 빛바랜 사진이나 기사 따위가 붙어 있다. 빈티지한 월페이퍼가 따로 없다. 익숙한 동네책방과는 다른 분위기에 살짝 긴장하지만 어쨌든 책방 아니던가. 내게 가장 편안하고 익숙한 장소란 말이다. 병풍처럼 둘러쳐진 책장의 호위를 받으며 바로 뒤에 보이는 중고 소설 코너로 당당하게 걸음을 옮겨본다.

그런데 가게 안에 흐르는 음악이 심상치 않다. 한쪽 구석에 놓인 레코드에서 흘러나오는 펑키한 음악이 작은 공간을 가득 메우며 책을 마구 사고 싶게 만든다. 책방이면 차분한 음악을 기대하지만 북 서그 네이션은 다르다. 책장을 샅샅이 훑는 내 고개는 어느새 까딱거리고 무언가를 사고 싶은 욕망이 마구 분출한다. 아무래도 주인장의 전략인가 보다. 쇼핑몰 같은 곳에 가면 일부러 구매욕을 부추기기 위해 빠른 음악을 틀어놓는다던데, 그런 의도인가.

시만 판매하는 '위트 앤 시니컬'의 주인장 유희경 시인은 『세상 어딘가에 하나쯤』에서 "책이란 물질은 한 권, 한 권 두툼한 조용함을 가지고 있어" "서점 특유의 두꺼운 침묵을 어느 정도 덜어내야 할 필요가 있다"며 서점의 배경이 될 음악을 고르고 또 고른다. 시집을 판매하는 서점에서 어느 눈 오는 날 디스코 음악이 나온다면, 브루클린 동네책방에서 펑키한 음악이 흐른다고 이상할 것도 없지.

2009년 10월 길거리에서 책을 팔던 네 명의 서적상이 힘을 모아 시작한 북 서그 네이션은 작지만 강한 헌책방이다. 양질의 중고 서적을 저렴한 가격에 판매하는 아담한 헌책방으로 주로 소설, 영화, 철학 작품을 다루지만 건축, 디자인, 시, 희곡, 역사, 외국어, 그래픽노블 등도 갖추고 있다. 목을 쭉 빼고 한참을 찾아봤는데 아쉽게도 한국어책은 없다. 다음에 가거든 한국어책도 매입하는지 물어봐야겠다. 입구 근처로 다시 가보니 독립출판물이나 뉴욕 관련 책들만 모아놓은 코너도 보인다.

북 서그 네이션은 커뮤니티 공간으로서의 역할도 톡톡히 해내고 있다. 10년 넘게 각종 낭독회는 물론 영화 상영, 강연, 주민 모임, 퍼포먼스 아트가 이루어지는 등 동네 사랑방처럼 이용된다. 이 작은 공간에서 그 많은 일이 이루어진다니 신기할 따름이다. 한번은 한 무리의 예술가들이 거대한 책 탑을 쌓은 뒤 불을 질러 가게가 연기로 가득해지는 바람에 화재 경보가 울리기도 했다는데, 책방에서

하기에는 다소 위험한 퍼포먼스 아트 같지만 그만큼 독특한 이 책방의 아이덴티티를 보여주는 행위 아닌가.

책을 살 때 끼워주는 책갈피에 적힌 말 또한 인상적이다. 이곳에서 산 책을 다 읽거든 자기들에게 다시 팔란다. 근사한 선순환이라 생각했다. 이렇게 장사해도 남는 거 맞나요? 인터넷 검색을 하다가 책방이 문을 연 지 4년이 지났을 당시(2013년) 연 수입이 5만 6천 달러였다는 기사를 보았다. 내 연봉보다 높은 수입이라니, 남 걱정은 안 하는 걸로.

나는 헌책방이 좋다. 새 책만 파는 곳에서는 경험할 수 없는 세렌디피티적인 만남이 좋아서다. 헌책방에서는 내가 책을 선택하는 게 아니라 책이 나를 선택하는 일이 벌어진다. 무슨 책이 기다리고 있을지 전혀 모르기에 조금은 느슨하게 설레는 마음으로 책방을 둘러보게 된다. 하지만 오늘 헌책방에 들어가는 마음은 사실 조금 무거웠다. 며칠 전 아이와 나눈 대화 때문이었다.

"엄마, 조이네 할아버지가 다이die했대. 엄마도 다이해?"

"어? 어. 모두가 다이하지."

"언제? 백 살 되면?"

"응…… 왜?"

"엄마는 100이랑 가까워?(백 살 되려면 멀었어?)"

"아니, 아직 멀었어. 엄마 나이 알잖아."

"내가 40이면 엄마는 몇 살이야? 100이랑 가까워?"

"(너랑 내가 서른세 살 차이 나니까) 73?"

"그럼 내가 73이면?"

"그럼 106?"

"…… 100이랑 가깝네?"

아이가 울먹일 것만 같아 지키지 못할 약속임을 알면서 꼭 안아주며 말했다.

"엄마는 수아 두고 절대로 다이 안 해. 걱정 마!"

그 후로도 아이는 엄마가 죽을까 걱정인지 몇 번이나 나의 상태를 물어봤다. 엄마가 늙고 있다는 징후가 포착될 때마다(발뒤꿈치 각질 때문에 엄마가 죽는다고 생각한 아이의 오해를 바로잡느라 얼마나 고생했는지!).

헌책방을 둘러보다가 우리 둘 사이에도 헌책이 있으면 좋겠다고 생각했다. 새로운 삶을 기다리는 헌책처럼, 그 안에 담긴 망각되지 않은 역사처럼, 새 책이 헌책이 되고 한쪽이 다른 한쪽을 먼저 떠나도 사라지지 않을 무언가가 아이와 나 사이에 차곡차곡 생기면 좋겠다고 말이다. 아이와 함께 나서는 이 무수한 책방 나들이가 그 길에 도움이 되기를 바랄 뿐이다.

건질 만한 보물을 찾아 내가 눈에 불을 켜고 책등을 살피는 사이, 뭐든 읽어 보려는 아이가 책방 제목을 읽어보더니 고개를 갸우뚱한다. 뜻을 물어보는데 어떻게 설명해야 할지 난감하다. 번역하면 '책 깡패'가 되는 이름을 도대체 왜 붙였을까? 서점주 중 한 명인 코레이 이스트우드는 이 질문에 이렇게 답한다.

> "북 서그Book Thug는 교외 지역에서 열리는 책 판매 행사에 입장하기 위해 며칠 동안 진을 치고 기다리던 책 거래상들에게서 유래된 이름이에요. 이 책방을 열기 전에 저희 네 명은 길거리에서 중고 서적을 판 경험이 있어요. 그 경험을 바탕으로 저희만의 개성 넘치는 공간을 꾸미는 데 주력하기로 했고 자연스럽게 북 서그 네이션이란 이름을 붙이게 됐죠."

괜히 오해한 내가 부끄러워지는 대답이다. 확실한 건 이 자그마한 공간은 정말 개성 하나는 끝내준다는 사실이다. 책방에 꽂힌 책들뿐만 아니라 이 공간을 완성하는 다양한 행사들이 궁금했다.

"저희는 계속해서 저자들을 초청해 낭독과 Q&A 시간을 갖고 있어요. 매주 저녁 손님들을 초대에 피자를 먹으며 영화를 보는 행사도 했었는데 코로나 때문에 잠시 멈춘 상황이에요. 이 작은 공간에서 얼마나 많은 일을 할 수 있는지 알면 놀랄걸요.
저희가 하는 행사는 다른 서점과는 조금 달라요. 그러니까 사람들을 끌어모으기 위한 행사라기보다 저희가 좋아하는 것들을 시도하는 행사죠. 책들도 그래요. 저마다 관심 분야가 다른데 아무래도 자신이 좋아하는 분야의 책들을 서점에 들여놓게 되죠.
저는 지난 2년 동안 '펜나이프Penknife'라는 팟캐스트를 만들었어요. 범죄 문학을 소개하는 팟캐스트가 없어서 제가 직접 만들어야겠다고 생각했죠. 물론 책방과는 별개의 활동이지만 결국 북 서그 네이션의 정체성에 저의 모든 활동이 녹아들기 마련이니 아무런 관련이 없다고 할 수도 없겠네요."

이렇게 말하는 코레이는 스페인 마드리드와 뉴욕 비콘에도 각기 데스퍼레이트 리터레쳐Desperate Literature와 비나클 북스Binnacle Books라는 헌책방을 공동 운영하고 있다. 아무리 공동 운영이라지만 책방을 세 곳이나 운영하는 데다 작가

벽 곳곳에 삐딱하게 걸린 액자,
바닥에 툭 던져놓은 듯한 액자가
책방의 분위기를 말해준다.
이동 매대는 빈티지 에디션 전용 코너.

로서도 활발히 활동한다. 그를 제외한 세 명의 공동 운영자 역시 저마다 본업이 있는 상태다. 그래서 그럴까. 다른 서점과는 달리 홈페이지도 먹통이고 SNS 계정도 전부 업데이트가 된 지 한참이 지나 보인다. 그래도 잘만 굴러가는 신기한 책방, 모든 것이 온라인으로 이루어지는 이 시대에 도대체 어떻게 살아남았을까?

"저희 넷은 책에 대해서 알 만큼 알아요. 저마다 취향도 확실하고요. 돌아가면서 책방을 지키는데 그때마다 저희를 비롯한 직원들은 고객들과 책에 대해 깊이 있는 대화를 나누죠. 단골들이 이곳을 찾는 가장 큰 요인이 아닐까 싶네요. 게다가 운이 좋으면 초판본이나 빈티지 에디션 등 일반 서점에서 쉽게 볼 수 없는 책들을 저렴한 가격에 구입할 수도 있어요. 지난번에는 처음 온 듯한 고객이 『프랑켄슈타인』 초판본을 집어 들고는 엄청 좋아하더라고요. 아무런 기대 없이 들어왔다가 횡재했다는 그 표정을 보는데 참 뿌듯했죠."

그랬다. 내가 집어 든 『다섯째 아이』 초판본처럼 북 서그 네이션은 초판본부터 비교적 최근에 나온 신간 서적까지 저렴한 가격에 구입할 수 있는 진짜 보물창고 같은 곳이다. 굳이 온라인으로 홍보하지 않아도 입소문만으로 이 코로나 시대를 이겨낸다니, 믿을 수 없지만 사실이었다. 클릭 한 번으로 원하는 걸 쉽게 손에 넣는 지금 같은 시대에 발품을 팔아야만 얻는 것도 조금은 남아 있어야 하지 않을까? 아날로그를 좋아하는 나에게 아직 이런 공간이 유지된다는 사실은 큰 위안이다.

고마운 마음으로 책방을 한 바퀴 더 둘러보다가 헬렌 한프의 『Q의 유산Q's Legacy』을 찾아냈다. 헬렌 한프가 『채링크로스 84번지』와 『마침내 런던』을 쓰기까지의 이야기와 궁금했던 그 후의 이야기를 담은 책이다. 극작가로 잘 풀리지 않던 시절부터 갑자기 유명세를 얻게 되기까지 그녀의 한 시절이 이 얇은 한 권에 오롯이 담겨 있다.

헬렌 한프는 십 대 시절 도서관에서 우연히 발견한 Q라는 교수의 글에 영향을 받아 글을 쓰는 삶을 산다. 시간이 흘러 결국 런던에 위치한 그의 집까지 찾아가는데, 30년 후 이 소설이 연극으로 공연되는 날 밤, 집에 남아 낡은 책들을 뒤적이다가 Q가 남긴 유산이 자신의 마음에 오래도록 남아 있음을 깨닫는다.

1950년대와 1960년대 뉴욕 분위기가 고스란히 느껴지는 가운데 돈을 벌기 위해 재미없는 글을, 아동 역사서를

천장에 매달린 모빌, 벽면 곳곳을 장식하는 기이한 그림,
방문하는 사람조차 개성이 넘친다.

쓰는 모습이 그때나 지금이나 글쟁이의 삶은 별수 없구나 싶다. 쓰는 글마다 별다른 소득이 없던 그녀가 결국 『체링 크로스 84번지』를 세상에 선보였을 때의 환희란! 그나저나 이 책은 왜 한국에 번역이 안 되었을까. 나의 순진한 시선과 전문 기획자가 바라보는 시장성의 간극은 역시 우주만큼이나 넓나 보다.

코레이는 아무렇지 않은 듯 말했지만 코로나가 터진 이후 헌책방을 찾는 사람들의 발길이 아무래도 뜸해지지 않았을까. 나 역시 바이러스를 옮길까 봐 한동안 헌책을 꺼렸다. 코로나가 한창일 때는 누군가 길에 책을 내어놓아도 선불리 집어 들 수 없었다. 그리고 그 시기에 나는 그 이유로 우울했다. 사람들이 길거리에 내놓은 책들을 오며 가며 주워오는 게 작은 낙이었기에 한동안 삶의 잔재미가 사라졌다. 나에게는 그저 즐거움에 불과했지만 이 헌책방에는 생사가 달린 일이었을 텐데. 코로나 위기에도 꿋꿋이 버텨낸 북 서그 네이션이 기특할 뿐이다.

남들만큼 보고 느끼면서 사는 시대는 저물었다. 남들 하는 만큼이라는 수식어를 폴짝 뛰어넘어 자신이 좋아하는 책과 행사로 작은 책방을 꽉꽉 채우기. 북 서그 네이션의 생존 비법일지도 모른다. 말없이 오랫동안 책을 고르는 이들의 손짓이, 계속해서 들고나는 발걸음이 내가 내놓은 답을 긍정한다.

헌책방 특유의 퀴퀴한 냄새와 소리에 푹 빠져 몇 시간이고 보내고 싶지만, 코로나 때문에 지금은 둘러보는 시간을 30분 혹은 15분 내로 제한하고 있다. 게다가 자기가 볼 만한 책이 없어 아이가 징징대는 바람에 아쉬운 마음을 뒤로한 채 그만 나서기로 한다. 밖으로 나와 또다시 카트 앞에서 벗어나지 못하는 나를 보며 아이가 한소리 한다.

"엄마! 다리 아파!"

" 저희가 하는 행사는 다른 서점과는 조금 달라요.
그러니까 사람들을 끌어모으기 위한 행사라기보다
저희가 좋아하는 것들을 시도하는 행사죠. "

북 서그 네이션Book Thug Nation
주소: 100 N 3rd St, Brooklyn, NY, 11249
SNS: instagram.com/bookthugnation/
facebook.com/BookThugNation-165772352146
운영 시간: 오전 12시~오후 6시(월-일)

9장

세월의 흔적이 고스란히,

스푼빌&슈거타운 북스Spoonbill&Sugartown Books

브루클린에는 내가 이 책에 담지 못한 동네책방이 무수히 많다. 아직 가보지 못한 책방도 수두룩하다. 그런데도 나는 자꾸 찾는 책방만 찾는다. 모험보다 익숙함을 선호해서 그럴까. 윌리엄스버그에 가면 스푼빌&슈거타운 북스에 반드시 들르는 것도 그 때문이다. 가장 브루클린 동네책방다운 책방으로, 문을 연 1999년부터 지금까지의 역사에 브루클린 동네의 역사가 고스란히 녹아 있다.

스푼빌&슈거타운 북스는 20세기 끝자락에 문을 열었다. 음악이나 미술 관련 중고 서적을 저렴하게 구입할 수 있는 헌책방이 흔치 않던 시절이었다. 브루클린에 사는 가난한 예술가들 사이에서 스푼빌&슈거타운 북스는 희망의 등불이었다. 이제 그만 포기할까 생각이 들 때마다 할 수 있다고 부추기며 한 줄기 희망을 내어주던 곳, 비싼 월세를 감당 못해 그리니치 빌리지를 떠나 브루클린으로 모여들던 예술가들은 책방에서 온기를 수혈받으며 한 발 한 발 앞으로 나아갔다.

예술가들의 성지였던 당시 스푼빌&슈거타운 북스는 어떠한 모습이었을까? 지금처럼 젠트리피케이션 물결이 휩쓸고 가기 전 거리는 어떠한 모습이었을까? 그리고 희망을 고대하며 찾아오던 가난한 예술가들의 얼굴은 어땠을까? 내가 모르는 이 책방의 한 시절을 상상하며 아이와 함께 발걸음을 옮겼다.

북 서그 네이션에서 나와 몇 블록 걸어가면 혼잡한 거리를 가득 메운 빈티지 가게들 사이로 보라색 간판을 단 스푼빌&슈거타운 북스가 보인다. 20년 넘게 같은 자리를 지키는 책방답게 들어서자마자 세월의 흔적이 곳곳에 눈에 띈다. 타일이 벗겨진 바닥부터 튼튼해 보이지만 조금은 낡은 책장까지. 안으로 더 들어가 보면 소재와 크기는 물론 낡은 정도까지 저마다 다른 책장들이 한데 뒤섞여 있다. 그린라이트 북스토어의 깔끔함과는 전혀 다른, 새로운 레이어가 덧대어진 지층 같은 모습이 이 동네책방만의 고유한 역사를 암시한다.

헌책도 팔고 새 책도 파는 스푼빌&슈거타운 북스는 'L' 자 모양으로 문이 두 개 있다. 시끌벅적한 거리에서 들어오는 입구와 베드포드 에비뉴 미니몰과 통하는 옆문이다. 정면 입구로 들어오면 1달러짜리 중고 서적이 담긴 카트와 예술이나 건축 관련 책들이 전시된 쇼윈도가 반기고, 옆문으로 들어오면 이 책방에서 선별한 최신 소설과 비소설이 깔린 테이블과 아동 코너가 맞이한다.

찬찬히 둘러보고 싶은 나의 마음과는 달리 오늘도 책

SPOONBILL & SUGARTOWN, BOOKSELLERS
READ BOOKS

낡은 바닥, 실용성에 중점을 둔 책장,
통일성이라곤 조금도 찾아볼 수 없는
인테리어가 이 책방의 역사를
고스란히 반영하고 있다.

방 나들이 친구인 아이는 곧장 안쪽으로 뛰어 들어간다. 책방 가장 깊숙한 곳에 자신을 위한 책이 있음을 잘 아는 베테랑 탐험가답게. 아이가 책을 집어 들고 자리에 앉는 모습을 본 나는 그제야 아까부터 궁금했던 예술 서적 코너로 신속하게 향한다.

반갑게도 지난여름 번역한 사울 레이터의 사진집 『영원히 사울 레이터』가 보인다. 그 뒤로 삐죽이 고개를 내미는 책은 헬렌 레빗의 『다르게 보는 법A Way of Seeing』. '컬러 사진의 시초'라 평가받는 사울 레이터의 사진은 몽환적인 분위기를 풍기는 영화 <캐롤>의 배경에 영감을 준 것으로 유명하다. 그의 사진에는 주로 뒤에서 몰래 바라보는 시선이 담겨 있다. 어떠한 설명을 제공하거나 결론을 내리는 것을 피하려는 듯 흐릿하고 침침한 이미지로 사물의 다양한 층을 품는다. 대중의 마음을 사로잡는 건 정확한 설명을 거부함으로써 바라보는 이의 상상을 자극하는 이 뿌연 이미지겠지.

유대인 부모님을 둔 사울 레이터는 어린 시절부터 랍비 아버지의 바람에 따라 유대인 학교에 다녔지만 결국 아버지의 발자취를 따르기를 거부하며 신학 공부를 그만둔 뒤 예술가가 된다. 하지만 아버지의 뜻을 거스른 뒤에도 자신을 입증하려 애쓰기보다는 성공을 추구하지 않음으로써 아버지와 일종의 타협을 시도한다. 나 같으면 보란 듯이 성공하려 했을 텐데, 그런 기회가 여러 번 주어졌음에도 그는 굳이 피하는 쪽을 택했다.

아메리칸드림이나 야망, 명성에는 아무런 관심이 없던 사울 레이터는 젊은 예술가, 잊힌 나이 든 예술가, 노숙자, 이민자, 노인들이 득실대는 이스트 빌리지에 계속 머물렀다. 1952년 스물여덟 살의 나이에 10번가에 아파트를 얻어 세상을 떠날 때까지 60년 넘게 같은 곳에 살았다. "올라가지도 내려가지도 않는, 아무 일도 일어나지 않는 평범한 세상에 갇혀 있더라도 예기치 못한 일이 생기기 마련이다. 삶은 증언하는 과정이다"라는 말에서 그의 인생관과 예술관이 느껴진다.

헬렌 레빗 역시 뉴욕 거리를 찍었다. 사울 레이터가 자신이 사는 이스트 빌리지를 주로 찍었다면 헬렌 레빗은 할렘, 브루클린, 브롱스 등 거대 도시의 뒷골목을 사진에 담았다. 그녀의 사진에 포착된 아이들 일상이 생생하게 느껴지는 이유는 그녀가 관심을 가진 대상이 맨해튼의 마천루가 아닌 자신처럼 가난한 사람들과 이주민이었기 때문이다.

1940년대 아이들이나 2022년을 사는 아이들이나 노는 모습은 크게 다르지 않다. 남의 시선을 개의치 않고 자신들이 하는 일에만 몰두한 모습. 관심을 갖고 바라보지 않으면 아무에게도 포착되지 않고 사라져버릴 어떤 가벼운 순간. 헬렌 레빗은 "최고의 사진이 지성에서 나온다는 가정은 오산이다. 모든 예술처럼 그것은 본질적으로 직관적인 과정의 결과이며 이론이나 생각보다 예술가 자체로부터 비롯된다"라고 말한다. 다른 이들이 인식하지 못하는 자기 자식의 한순간을 부모가 포착할 수 있는 건 그 때문인지도 모른다.

아이에게도 보여주고 싶어 사진집을 들고 아동 도서 코너로 향하는데 아까 보지 못했던 풍경들이 눈에 들어온다. 아이가 앉은 의자며 책장까지 빈티지한 느낌이 물씬 난다. 똑같은 모양의 책장을 쭉 늘어놓은 대신 어딘가에서 주워온 듯한 헌 책장들을 이어 붙인 데다 낡은 의자가 무심하게 놓인 모습이 가게가 아니라 누군가의 거실 같기도 하다.

아이는 오늘도 책방에 있는 책을 다 읽고 나서야 일어날 기세다. 나도 그 옆에 쭈그리고 앉아 책들을 살피기 시작한다. 아이가 들고 있는 최신 팝업북 옆으로 『빨간 머리 앤』의 아주 오래된 버전이 보인다. 수백 년 전에 쓰인 책과 최근 출간된 책이 나란히 있는 모습, 나이 든 책, 젊은 책, 새 책, 헌책이 한데 섞인 모습이 다정하다.

아이가 골라 놓은 책 가운데 한 권이 눈에 띈다. 『친구 사귀기 힘들어요』라는 책이다. 흠, 안 그래도 어젯밤 아이가 자기 전에 고백 아닌 고백을 했다. 그동안 가장 친하게 지내던 친구가 자신과 별로 안 논다고, 다른 친구랑 놀기 시작했다고. 아, 이럴 땐 어떻게 대답해줘야 하나.

"수아도 다른 친구들 한번 사귀어봐. 다른 친구랑 노는 게 더 재미있을 수도 있어."

"잘 모르겠어. 그런데 친구는 어떻게 사귀는 거야?"

아이 입에서 저런 말이 나올 줄 상상도 못 했기에 잠시 말문이 막혔다. 곰곰이 생각해봤다. 친구를 어떻게 사귀는지. 내 자랑은 아니지만 나에게 친구 사귀기만큼 쉬운 일은 없었다. 항상 주위에 친구가 많았고 자연스럽게 여러 친구와 어울려 놀았으며 그 가운데 더 친한 친구가 있었다고 생각했는데…… 문득 깨달았다. 나에게도 친구 사귀기가 쉽지 않았던 시절이 있었음을! 지금 내 아이처럼 아주 어린 시절이었다.

나는 친구 사귀기를 마치 나의 타고난 능력처럼 여겼지

옆문으로 들어오면 낡은 바닥 위에 깔린
더 낡은 카펫이 방문객을 맞이한다.

만 사실 나 역시 여러 시행착오 끝에 알게 되었다. 먼저 다가온 친구가 시간이 지나면서 나에게서 멀어져 간 경험을 해보기도 했고, 내가 먼저 다가갔지만 알고 보니 내가 생각한 친구가 아니라서 내 쪽에서 멀어지기도 했었다.

마음에 드는 다른 친구가 없다는 아이의 말에 어떻게 답해줘야 할까 고민하던 차에 이런 책을 떡하니 만나다니. 마음이 시끄러울 때 책방에 들르는 엄마의 마음을 아이도 이제 이해하려나. 정답을 주진 않을지 모르지만 책방은 적어도 둘 중 한 가지 역할을 한다. 잠시나마 나의 고민을 잊게 해주거나 고민에 대한 해결책의 실마리를 던지는 책을 만나게 해주거나. 오늘의 책방 나들이가 아이에게 그러한 경험을 선사할 수 있을까, 두근거리는 마음으로 아이와 함께 책을 펼쳤다.

주인공 미샤는 무언가를 만드는 일을 좋아하지만 쉽게 만들 수 없는 것이 있다. 바로 친구다. 아무리 노력해도 친구들과 가까워지기가 쉽지 않다. 그래서 미샤는 종이와 풀, 가위를 들고 친구를 직접 만든다. 어디를 가든 함께 할 수 있는 친구들을. 그러던 어느 날 엄마가 파티에 가자고 한다. 파티장은 시끄럽고 미샤는 친구들과 어떻게 어울려야 할지 몰라 난감해하다가 결국 한쪽 구석에 가서 또다시 자신만의 친구를 만든다. 그때 조시라는 친구가 관심을 보이고 자신에게도 친구 만드는 법을 가르쳐달라고 한다. 미샤는 그 친구가 자신이 만든 친구들을 망가뜨릴까 걱정하지만 결국 함께하기로 한다. 그리고 누군가와 함께 장난감 친구를 만든 경험은 혼자서 만들었을 때보다 훨씬 더 재미있다는 사실을 깨닫는다. 조시의 제안으로 다른 친구들에게도 장난감 친구를 보여준 미사는 그렇게 조금씩 친구 사귀는 법을 알아간다.

손으로 만드는 것을 좋아하고 생일 파티에만 가면 엄마 옷자락만 붙잡고 늘어지는 아이, 뛰어노는 아이들 한가운데서 홀로 그림을 그리고 놀겠다는 아이가 떠올라 가슴 한편이 아렸다. 이 책을 함께 읽는 동안 아이도 분명 뭔가 느꼈으리라. 한참을 바라보기만 할 뿐 선불리 말을 꺼내지 않는 아이를 바라보며 아이는 미샤처럼 그렇게 쉽게 새로운 친구들에게 마음을 주지 못할 거라고 엄마인 나는 직감한다. 하지만 엄마의 말을 통해 듣는 조언보다 그림 하나가 때로는 더 크게 들어오기도 하는 법이다. 이 조그만 책이 아이가 용기 내 친구들에게 다가가도록 뒤에서 밀어주는 작은 바람 정도는 될 수 있기를 바란다.

스푼빌&슈거타운 북스는 현대 미술, 건축을 비롯해 다

양한 디자인 분야의 중고 서적, 희귀 서적, 신간을 취급한다. 시, 소설, 철학, 영화 분야의 흥미로운 책들은 물론 다양한 잡지와 저널도 찾아볼 수 있다.

책방 주인 조나스 카일과 마일스 벨라미는 브롱스과학고 재학 시절 만난 친구 사이로 둘 다 문학을 사랑하는 청년이었다. 마일스는 유명한 미술상인 아버지 덕분에 어린 시절부터 책에 둘러싸여 지냈고, 조나스 역시 제본업자이자 책 디자이너로 일한 어머니 덕분에 책을 좋아했다고 한다. 마일스는 1990년대 초 뉴욕에 머물며 아버지가 운영하는 갤러리에서 일했지만 그건 그가 정말 원하던 일이 아니었다. 자신이 원하는 일은 최대한 많은 책방을 방문하고 전 세계의 책을 사들이는 것임을 깨닫고는 친구 조나스와 책방을 열기로 하는데. 처음에는 트라이베카에 문을 열고 싶었으나 임대료를 낼 돈이 부족해 당시에 살던 윌리엄스버그에 열기로 했단다.

사탕 가게 이름처럼 들리기도 하는 'sugartown'은 밥 딜런의 노래 "트라이잉 투 겟 아웃 오우 헤븐"에서 따왔다. 그렇다면 'spoonbill'은? 둘이 조류 도감을 넘기다가 딱 꽂혔다나. 저어새는 부리에 특별한 센서가 있어서 먹이를 찾을 때 습지에 부리를 박아 먹이를 찾아낸다는 설명을

예전과는 달리 이제 책방 입구 근처에
놓인 매대는 베스트셀러의 차지다.
아동 도서 코너에 놓인 의자마저
세월의 흔적이 느껴진다.

보는 순간 책을 골라 모으는 자신들의 모습이 떠올랐다고. 자신들이 책 저어새book spoonbill 같다고 생각했단다.

이 멋진 이름을 단 간판을 내걸고 2만 달러라는 소규모 자금으로 둘은 시작했다. 마일스 아버지의 책장에 꽂혀 있던 책, 그의 개인 서재에 있던 책, 그가 다양한 책방에서 사들인 책을 합쳐 대략 4천 권뿐이었지만 사람들에게 영감을 주는 장소를 제공함으로써 예술과 책을 향한 열정을 살린다는 미션만은 확실했다.

이렇게 야심 차게 시작했건만, 온갖 위기에도 잘 버텨 왔건만 코로나 위기 때문에 2020년 폐점 위기에 처했었다. 지난 20년 동안 예술가와 사상가들이 꿈을 키울 수 있도록 아낌없는 지원을 했기에 더 안타까웠는데, 조나스가 말하는 당시 상황은 어떠했을까?

"정부 자금 지원 프로그램만으로는 턱없이 부족했어요. 결국 고객들에게 솔직히 터놓고 얘기하고 15만 달러를 목표로 크라우드 펀딩을 진행했죠. 해고했던 직원들을 다시 고용하고 임대료와 공과금을 내려면 자금이 필요하다고요. 저희 인스타그램 계정에 가면 저희가 구걸하는 영상을 보실 수 있어요.(웃음)"

동네책방이자 커뮤니티 공간이던 스푼빌&슈거타운 북스는 그렇게 살아남았다. 2009년에 이 책방의 10주년 기념행사를 다룬 기사를 본 적이 있다. 조나스는 킨들의 성장세에도 불구하고 또 비슷한 시기에 문을 연 다른 두 책방이 문을 닫는 상황에서도 스푼빌&슈거타운 북스가 10년 동안 꿋꿋이 자리를 지킬 수 있던 이유를 예술 서적을 주로 다룬 책방의 고유함으로 돌렸다. 예술 서적을 읽기 위해 킨들을 이용하는 사람은 없으니까. 그게 다였을까? 궁금했다. 예술 서적을 구입하는 사람은 가난한 예술가일 텐데 그것만으로 매출이 유지될 리가 없었다.

"관광객들 역시 도움이 되었죠. 그들이 와서 책을 사지 않았더라면 저희 책방은 진즉에 문을 닫았을지도 몰라요. 책방이 전 세계적으로 유명해진 덕분이었죠. 윌리엄스버그가 젠트리피케이션 되면서 유입된 새로운 주민들 역시 책방 매출에 크게 기여했고요. 2003년에만 해도 프랑스 철학자나 잭 케루악을 찾는 고객들이 서점을 찾았다면, 새로운 고객들은 여행서가 없는지 물어보고 『괴짜 경제학』이나 『인간 욕망의 법칙』 같은 책들이 없는지 물어본답니다."

입구 가판대와 카트에 담긴 책들은
저렴한 가격에 판매된다.
저어새가 그려진 로고가
쇼윈도에 큼지막하게 붙어 있다.

내가 방문했을 때 한가운데 자리한 매대에 예술 서적이 아닌 경제 서적이나 베스트셀러 소설이 보인 이유가 바로 그 때문이었겠지. 바뀌어 가는 고객의 수요에 발맞추기 위한 나름의 행보였으리라. 그나저나 함께 책방을 열었던 마일스가 떠나면서 조나스 혼자 책방을 지키는 모습이 쓸쓸해 보이는 건 내 착각일까. 그에게 홀로 책방을 지키는 외로움에 대해 묻지 않을 수 없었다. 특히 지금 같은 시대에.

"외롭죠. 하지만 책방은 변화하기 마련이에요. 처음에 4천 권이 채 되지 않는 책으로 2000년이 되기 직전 책방을 열었어요. 그때만 해도 적절한 곳에 책방을 열었다는 생각에 뭉클했었죠. 한때 예술가들의 성지였던 윌리엄스버그는 이제 치솟는 임대료와 코로나까지 겹쳐 전혀 다른 생태계로 접어들었어요. 하지만 살아남았고 앞으로도 그럴 거예요. 방법이요? 찾아봐야죠. 그동안 손 놓고 있던 온라인 판매에 더욱 집중해야 할지도 모르겠네요."

9.11과 경제 위기에도 꿋꿋이 버텨낸 스푼빌&슈거타운 북스. 이번에는 긴급 수혈로 살아남았지만 위기에 처할 때마다 크라우드 펀딩에 의존할 수만은 없다. 로컬의 핵심

은 공간이 아니라 크리에이터라는 말처럼 급변하는 시대에 맞서려면 젊은 피의 수혈이 필요할지도 모른다. 깔끔하게 마감하는 대신 원래 상태 그대로 유지한 책방 바닥을 보면 북스 아 매직이나 그린라이트 북스토어, 맥널리 잭슨 같은 책방과는 확실히 다름을 알 수 있다. 그 고유한 분위기를 잃지 않되 온라인 판매를 활성화하는 등 지금과는 다른 운영 방법이 필요하다.

사실 스푼빌&슈거타운 북스는 2016년, 99 몬트로즈 애비뉴에 새로운 지점을 열 만큼 번성했었다. 새로운 지점은 변화하는 동네 수요에 발맞추기 위한 일종의 실험으로 이때만 해도 두 주인장은 상황을 낙관했다. 윌리엄스버그가 젠트리피케이션 되면서 임대료는 치솟았고, 동네에 새로 유입된 부자들은 생각보다 책을 읽지 않았음에도 자신들은 건물주의 배려로 경제적으로 큰 어려움을 겪지 않고 있다고 자신만만했다.

책방의 창고이자 사무실로 사용되던 작은 가게를 책방으로 오픈하면서 그들은 앞으로 브루클린 곳곳에 작은 책방을 여럿 마련하리라는 포부를 밝히기도 했다. 그래서 이 지점의 임대료를 감당하지 못하게 되더라도 다른 지점들은 살아남으리라고 여겼다. 새로 열 작은 책방은 본점보다 소규모 버전으로 새로운 주민들의 수요에 부응할 예정이었다.

하지만 구글 지도로 검색한 결과 이 지점은 영구히 문을 닫은 것으로 나타났다. 크라우드 펀딩으로 가까스로 살아남을 만큼 본점이 위태로운 상황에서 지점까지 운영하기란 쉽지 않았을 테지. 코로나 때문에 문을 닫은 책방들이 대부분 임시로Temporarily 문을 닫은 가운데 영구히Permanently라는 빨간 단어가 유독 가슴 아프게 다가온다.

밖으로 나오니 가판대에 놓인 헌책들이 마구잡이로 널려 있다. 헌책방의 운명을 보는 듯해 씁쓸하다. 종이책을 고수하는 사람이 줄어들수록 헌책방의 미래는 밝지 않겠지만 스푼빌&슈거타운 북스만의 온기는 다른 무엇으로도 대체할 수 없지 싶다. 자신들의 책방을 방문하는 사람들을 스푼빌리언spoonbilian이라 불러주는 다정한 주인장이 있는 책방 아닌가. 사람들 사이 접촉이 줄어드는 코로나 시대, 우리에게 절실하게 필요한 건 바로 그러한 사적이고도 소박한 관계일 게다.

스푼빌&슈거타운 북스의 트레이드마크 저어새는 20년 전 그날처럼 다시 한번 날개를 활짝 펴고 날아오를 수 있을까. 고개를 들어 창문을 바라보니 긍정적인 약속을 하듯 로고가 반짝인다. 나의 간절한 마음이 빚어낸 환영이 아니기를 빈다. 아쉬운 마음에 책방을 나서며 아이도 나도 자꾸만 뒤돌아보았다.

“ 정부 자금 지원 프로그램만으로는 턱없이 부족했어요.
결국 고객들에게 솔직히 터놓고 얘기하고
15만 달러를 목표로 크라우드 펀딩을 진행했죠. ”

스푼빌&슈거타운 북스Spoonbill&Sugartown Books

주소: 218 Bedford Ave, Brooklyn, NY, 11211
홈페이지: spoonbillbooks.com
운영 시간: 오전 11시~오후 9시(월-일)

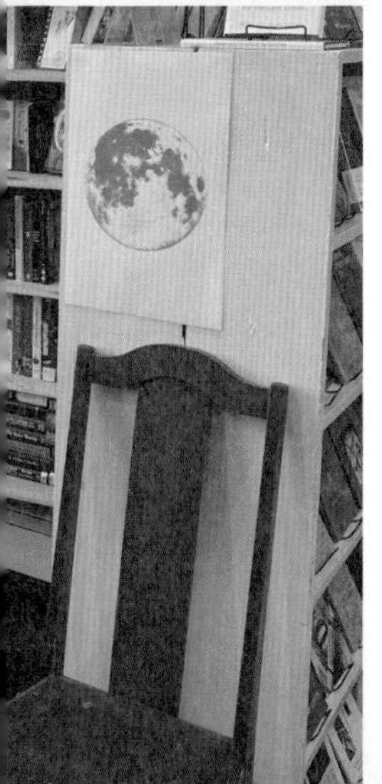

10장

무언가를 찾는 당신을 위한 장소,

블랙 스프링 북스Black Spring Books

책방에 갈 핑계는 많다. 날이 좋아서, 날이 흐려서, 심심해서, 좋아하는 작가의 신간이 궁금해서. 그 가운데 1학년을 무사히 마친 날만큼 더 큰 핑계는 없을 테다.

2022년 6월 28일, 아이는 무사히 1학년을 마쳤다. 거창한 행사는 없었다. 방학을 잘 보내고 9월에 보자는 선생님의 단골 멘트만 있을 뿐. 그래도 우리끼리는 기념해야 하지 않겠는가. 핑계가 아니라 만 일곱 살도 안 된 아이가 학교라는 첫 사회에 안착한 건 정말 대단한 일이다. 물론 열 한 번이나 결석을 했지만 코로나 시대이니 그 정도는 봐줘야 한다. 자그마한 몸으로 거북이 등딱지 같은 가방을 메고 나가는 뒷모습을 볼 때마다 안쓰러운 마음도 들지만 이제 엄마에게 매달리지 않는 아이가 기특하기만 하다. 물론 힘든 구간이 없지는 않았다.

"엄마, 이안인 좋겠다. 학교에서 놀기만 하고. 난 이제 학교에서 노는 시간이 없어."

친구와 노는 시간이 점심시간 밖에 없어 싸준 도시락을 절반이나 남긴 채 친구와 놀았단다. 억지로 앉혀 놓고 하는 한글 공부의 약효가 언제까지 갈지도 걱정이다. 이럴 때 근처에 한국 책방이 있으면 좋으련만. 싱숭생숭한 마음을 핑계 삼아 늘 가던 책방이 아니라 새로운 곳에 가볼

참이다. 2021년 4월, 팬데믹 시국에 개업한 용감한 중고 책방, 블랙 스프링 북스다. 중고 책방은 아이들 책이 별로 없는 경우가 많고 아무렇게나 쌓인 책들이 조금만 건드려도 도미노처럼 와르르 무너지곤 해서 아이와 함께 들어서기 망설여진다. 후회할 것만 같은 느낌이 들지만 이런 날도 있어야지.

근처까지 도착했는데 아무리 둘러봐도 책방이 보이지 않는다. 분명 주소상 근처로 뜨는데 도대체 입구가 어디인지, 아무리 두리번거려도 찾을 수 없다. 그러다 눈에 들어온 작은 입간판, 눈을 밝히고 가지 않으면 지나쳐 버릴 수도 있는 평범한 그곳에는 분명 'books'라고 쓰여 있다. 입간판을 따라 고개를 돌리니 반짝이는 은색 문에 그토록 찾던 'Black Spring Books'라는 글씨가 새초롬하게 새겨져 있다.

호기심을 자극하는 이 연출은 뭐람. 순도 높은 호기심을 강렬하게 느끼며 출입문을 열고 들어서니 저쪽 끝에서 까만 머리에 흡사 마녀 같은 묘한 분위기를 풍기는 여인이 인사를 건넨다. 운영자가 아니라 아르바이트생일 거야, 생각하며 책방을 둘러보기 시작했다(하지만 알고 보니 그녀는 이 책방을 연 장본인이었나!).

Black
Spring
Books
RARE, USED, & NEW
TH—SAT 12-8
SUN 12-7

낯선 책방에 처음 들어가면 익숙해질 시간이 필요하다. 어떠한 책을 취급하는지, 구조는 어떠한지 모든 것이 낯선 나는 우왕좌왕하다가 이내 이 작은 책방에 빠져버린다. 정신을 차리고 보니 입구 근처 가장 눈에 띄는 공간이 온통 중고 시집으로 가득하다. 시집을 취급하는 곳인가 싶어 반대편 서가를 보니 픽션/논픽션이라고 쓰여 있다. 바쁜 엄마를 뒤로하고 어디선가 제 수준에 맞는 책을 가져와 읽으려는 아이를 따라가 보니 다행히 아동 도서도 꽤 있다.

그런 책방 있지 않은가, 처음에는 어색한데 있을수록 나가기 싫어지는 책방. 이 자그마한 책방이 그랬다. 누군가 묘한 마법을 부려놓은 것처럼. 저 까만 머리 여인은 진짜 마녀가 아닐까. 시를 잘 모르는 나조차 오래된 시집들 표지를 가만히 들여다보고 있자니 영감이 솟구치고 시 한 편 근사하게 써낼 수 있을 것만 같다.

책방 문을 열고 들어선 이를 가장 먼저 맞이하는 건 '10월 맞이 으스스한 책' 코너다. 핼러윈을 겨냥한 듯 공포, 스릴러, 호러물을 모아두었다. 하지만 최신작을 찾는다면 바로 몸을 돌려 문밖으로 나가 다른 서점으로 가는 편이 좋다. 이 서점에서는 『외계인 접촉Alien Contact』, 『울부짖음Howl』, 『작은 살인자 목동The Killer of Little Shepherds』 등 낯선 제목의 책밖에 만날 수 없을 테니 말이다.

왼쪽으로 시선을 돌리면 다이애나 왕세자비의 회고록과 『리어왕』과 칙릿 소설인 『쇼퍼홀릭』이 한 책장 안에 사이좋게 놓여 있다. 이건 또 뭔가 싶어 고개를 돌려보니 '기타 싼 코너Misc.&Cheap'라고 적혔다. 그러니까 장르 구분 없이 저렴한 가격에 판매할 책을 한데 모아 놓은 곳이다. 책방이라면 섹션별로 책을 나눠놓을 거라는 나의 기대를 단박에 무너뜨리는 파격적인(?) 시도에 살짝 들뜨고 만다. 사실은 귀찮아서, 아니면 정리가 덜 되어 임시로 마련한 코너인지도 모르지만.

안으로 조금 더 들어가니 시인인 주인이 가장 정성 들여 진열했을 중고 시집들이 가장 좋은 자리를 차지한 채 앉아 있다. T. S. 엘리엇의 시집이 보여 반가워지려는 찰나 『아이 심기Planting the Children』, 『기쁨의 나무A Pleasure Tree』 등 낯설지만 호기심을 불러일으키는 시집들이 홍수처럼 덮친다. 영어 시집들 앞에 까막눈이 된 채 또 잠깐 우왕좌왕하지만 'ㄷ'자 모양 서가에서 쉽게 빠져나오지 못한다. 초판본이 대부분인 나이 많은 시집들이 시 무지렁이인 나를 너그러운 마음으로 받아줄 것만 같다.

주인이 걸어놓은 마법인 듯 아닌 듯 묘한 아우라에서

입구에 들어서자마자 보이는
'기타 싼 코너'.
시집은 대부분 초판본이다.

겨우 빠져나와 픽션/논픽션 코너를 잠시 서성이다가 용기를 내어 주인장이 있는 쪽으로 발걸음을 떼어본다. 안쪽으로 들어갈수록 장르 구분이 모호해진다. 마구잡이로 이곳저곳에 쌓아둔 책들은 아직 정리가 안 된 건가, 나름의 콘셉트인가. 누운 상태로 쌓여 있는 책들을 보면 꼭 맨 아래 놓인 책을 꺼내고 싶은 못된 욕구가 발동하지만 오늘은 선뜻 손이 뻗어지지 않는다.

휘익, 한 바퀴 돌아 입구 반대편으로 가본다. 아동 도서 옆에 건축, 디자인 서적이 보이고 그 옆 책장에는 자서전과 온갖 과학서, 비평서들이 보인다. 그런데 저 꼭대기 한쪽에 비교적 최근작이자 나에게도 있는 『사라진 반쪽 Vanishing Half』이 네 권이나 꽂혀 있다. 먼지 풀풀 나는 누런 책들 사이에서 삐죽이 존재를 드러내는 그 책들은 뭔가 잘못된 곳에 와 있는 것만 같다. 몸을 틀어 아동 도서 코너 창가를 장식한 『아이는 끔찍한 애완동물 Child Make Terrible Pets』이라는 책을 보는 순간 피식 웃음이 난다. 아무래도 이 책방에서 뭔가를 사서 들고 가려면 내공이 좀 필요할 듯하다. 시간이 아주 많이 필요하거나. 이런 책방이라면 비 오는 날 와도 좋겠다 싶다. 비가 그치기를 기다린다는 핑계를 대며 오랫동안 뭉그적거려야지.

책방 안쪽 끝에 달린 문을 열고 나가니 옥외 공간에 작은 테이블이 놓여 있다. 그날은 소심해서 물어보지 못했으나 나중에 검색해보니 와인이 곁들여진 낭독회 같은 행사가 이루어지는 공간이라고 한다. 보면 볼수록 빠져드는 책방이다.

블랙 스프링 북스는 『북회귀선』과 『남회귀선』으로 유명한 헨리 밀러의 책 이름을 딴 책방으로 헨리 밀러가 어린 시절을 보낸 662 드리그스 애비뉴 바로 옆 건물에 자리하고 있다. 브루클린에서 자란 헨리 밀러는 뉴욕시립대를 중퇴한 후 온갖 직업을 전전하며 소설을 쓰기 시작했지만 모조리 출판을 거절당했다. 그러다가 무일푼으로 건너간 파리에서 쓴 소설 『북회귀선』이 출판되며 뜻밖의 호평을 받는다. 그 후 주로 파리에 머물면서 브루클린의 생활을 그린 단편집 『어두운 봄Black Spring』과 자전 소설의 발단이 된 『남회귀선』을 발표하면서 세계적인 작가가 된다.

책방 주인은 러시아계 미국인 시인(이자 작가, 편집자, 교사인) 시모나다. 라트비아에서 태어나 1990년 미국으로 이민 온 그녀는 뉴욕대에서 창의적 글쓰기를 가르치는 가운데 활발한 창작 활동을 펼치고 있다. 그녀가 코로나 한복판에서 책방을 열게 된 계기가 무엇인지 궁금했다.

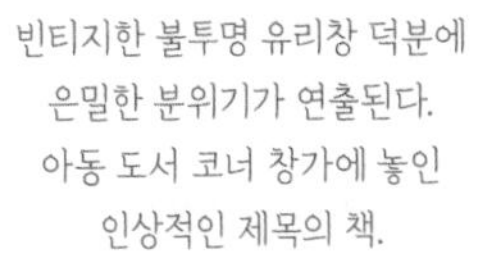

빈티지한 불투명 유리창 덕분에
은밀한 분위기가 연출된다.
아동 도서 코너 창가에 놓인
인상적인 제목의 책.

“책방을 열고 싶은 욕망은 늘 간직하고 있었어요. 코로나 사태로 많은 서점이 문을 닫았지만 저에게는 새로운 기회가 되었죠. 헨리 밀러가 어린 시절을 보낸 집 바로 옆에 위치한 이 공간을 우연히 발견했을 때, 운명이라고 느꼈어요. 10년 넘게 살고 있고 어린 시절을 보낸 이 동네의 역사를 기리고 싶어 한다는 걸 깨달았거든요. 솔직히 건물에 명패조차 없어 정말 놀랐어요.
팬데믹 가운데 책방을 열 줄은 상상도 못 했지만 제가 할 수 있는 가장 의미 있는 일이었다고 생각해요. 우리가 물려받은 전통을 계속 이어 나가는 건 우리 그리고 미래 세대에게 달렸으니까요.”

헨리 밀러와 브루클린, 그녀는 둘 사이에서 어떠한 특별한 연결 고리를 보았을까?

“헨리 밀러는 특정한 장소를 그린 작가로서뿐만 아니라 초기에 브루클린에 정착한 예술가들의 삶에 관한 특정한 인상이 형성되는 데에도 큰 기여를 했어요. 사람들은 예술가들이 비싼 월세 때문에 맨해튼에서 브루클린으로 쫓겨났다고 생각하지만 브루클린에는 언제나 예술가들이 있었어요. 브루클린에 대한 헨리 밀러의 기억은 역사 기록보다 훨씬 풍부해요. 독특하고 다소 편향적일지 몰라도 확실히 재미있답니다! 브루클린의 특정 지역에 대한 기억은 내내 그를 따라다녔고 그에게 영향을 미쳤으며 평생 그의 곁에 머물렀어요."

책방에 그의 작품 이름을 붙일 만큼 그녀가 헨리 밀러를 좋아하는 이유는 무엇일지 궁금했다.

"저는 헨리 밀러가 현실적인 철학가라고 생각해요. 추잡해지는 걸 두려워하지 않고 현실의 삶에 우리와 함께 머무르죠. 그는 추한 부분과 아름다운 부분 그리고 이 둘이 어떻게 완벽하게 뒤얽히는지를 보여주고 싶어 해요. 그의 책을 읽을 때면 살아 있는 기분이에요. 저는 불손하게 살고 쓰는 사람은 누구든 존경합니다."

그건 시모나가 살고자 하는 삶의 방식과 비슷할지도 모른다. 자신이 좋아하는 작가를 기리는 방식은 저마다 다르다. 그녀의 경우 책 제목을 딴 책방을 운영하는 것으로 작가의 삶을 기린다. 콜롬비아대학원 재학 시절 이제는 사라진 브레이즌헤드 북스Brazenhead Books에서 월급 대신 책을 받으며 일할 때부터 '시 읽는 밤' 같은 행사를 주최하고 웹사이트를 만들어 사람들을 끌어모으는 등 자신만의 책방을 열기 위해 차곡차곡 준비했다고 한다. 물론 직접 책방을 운영하게 된 지금은 꿈과 이상만으로는 힘들지도 모른다. 이곳이 문을 닫지 않는 책방으로 오래도록 존재하려면 팬데믹 시대에 문을 연 용기 이상의 무엇이 필요하다.

하지만 자신만의 색깔로 채운 자신만의 책방을 갖는다는 건 정말 부러운 일이다. 언젠가 책방을 열고 싶은 꿈이 있지만 용기가 없는 나는 이 꿈을 늘 마음 한구석에 간직한 채 헌책방을 찾는 것으로 욕망을 대신 채우고 있다. 헌책이 간직한 오래됨이 좋다. 나보다 한참 전에 혹은 나와 같은 해에 이 세상에 태어난 책을 만나면 내가 지나온 40년과 이 책이 거쳐 온 40년이 겹쳐진다. 이 책에는 어떠한 시간이 덧입혀지고 누구의 흔적이 녹아 있을까, 지금 내 손에 들리기까지 이 책은 어떠한 세월을 보내왔을까 생각하면 아득해진다. 헌책방에서는 시간이 더디게 흐른다. 어쩌면 그렇게 느리게 흘러가는 시간에 잠시라도 기대고 싶어 헌책방을 찾는지도 모른다.

헌책이 주는 위로가 있다. 색은 바래고 한 귀퉁이는 접혀 있으며 누군가의 낙서로 가득하지만 아직 쓰임새가 있

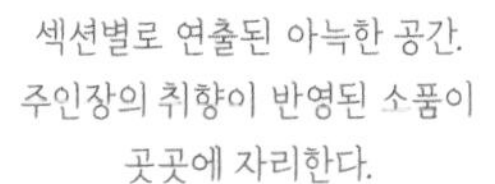

섹션별로 연출된 아늑한 공간.
주인장의 취향이 반영된 소품이
곳곳에 자리한다.

음을 책은 알려준다. 책에 난 그 같은 상흔은 상처가 아니다. 그건 광속의 시대가 버거운 이들에게 책이 던지는 가만한 위로다. 새로운 책이 쏟아져 나오고 또 잊히는 주기가 짧아질수록 나는 헌책에 애착이 생긴다. 헌책은 그 자체로 다정함을 상징한다. 책장을 넘길 때 나는 바스락 소리, 책끼리 맞부딪힐 때 나는 사그락 소리, 누군가 매대에 아무렇지도 않게 책을 내려놓을 때 나는 툭 소리, 함께 온듯한 이들 사이에 벌어지는 서로 찾아낸 보물을 공유하는 대화도 바로 그 다정함의 일부다.

그때 내 마음을 읽었는지 아이가 슬쩍 책 한 권을 내민다. 자신이 찾아낸 보물을 나와 공유하려 한다. 아이 손에 들린 책은 내가 아까 본 『아이는 끔찍한 애완동물』이다. 책을 펼쳐보니 타임머신을 탄 듯한 그림과 글씨체가 시선을 확 사로잡는다. 동물이 아닌 사람이 애완동물이 된 설정이 웃음을 자아내면서도 다소 섬뜩하게 다가온다. 인간이 중심이 아닌 이야기를 좋아하는 나이기에 이처럼 발상의 전환을 담은 책이라면 기꺼이 환영하겠지만 아이는 자기가 가져왔으면서도 살짝 머뭇거리는 표정이 역력하다.

내용은 단순하다. 어느 날 남자아이를 발견한 아기 곰루시가 "어린아이는 애완동물로 키우기에 끔찍해!"라는 엄마의 경고에도 불구하고 남자아이를 애완동물로 키운다는 이야기다. 곰 입장에서 사람의 말을 알아듣지 못해 아이가 하는 말을 전부 "찍Squeak!"이라고 표시한 것도, 그리하여 루시가 남자아이를 "찍찍이Squeaker!"라고 부르겠다고 하는 장면도 전부 놓칠 수 없는 웃음 포인트다. 남자아이는 곧 본성을 드러낸다. 가구를 망가뜨리고 집을 난장판으로 만들고 마음에 들지 않으면 떼를 쓰기 시작한다. 루시가 좌절할 무렵 아이는 가족에게로 돌아가 버리고 루시는 결국 다른 애완동물을 찾는다.

단순한 스토리지만 이런 애완동물을 두 마리나 키우고 있는 엄마로서 깊이 공감할 수밖에 없었다. 혹시 아이가 아니라 엄마를 위한 책 아닐까. 물론 엄마인 나는 지금 키우는 애완동물을 다른 애완동물로 대체할 수 없다는 근본적인 결함을 지니고 있지만 말이다. 아이의 감상평을 들어보니 아이는 조금 무섭단다. 하긴 자신이 순식간에 애완동물을 돌보는 사람에서 애완동물이 되는 걸 쉽게 받아들일 아이는 없을 듯하다. 아이가 동물을 일방적인 태도로 대하지 않는 사람으로 자라나는 데 이 책이 조금이라도 기여한다면 그것만으로 충분하다.

나도 그냥 나가기 아쉬워 아동 도서 옆에 올망졸망 모

인 책들을 살피다가 익숙한 제목을 만났다. 『사랑의 묘약』. 아메리카 원주민의 가족사를 중심으로 시와 소설, 어린이책을 써온 루이스 어드리크가 1984년 선보인 첫 장편이다. 독일계 미국인 아버지와 치페와족 어머니 사이에서 태어난 그녀는 이 책에서 1930년대부터 1980년대까지 50년이라는 시간 동안 펼쳐지는 치페와족의 이야기를 전한다. 번역본에 가계도를 따로 넣어야 했을 만큼 등장인물들이 무수히 많은 관계로 얽혀 있는데 같은 사건에 대한 각기 다른 화자의 서술을 통해 이야기에 입체감이 붙는다. 인간의 광기와 혼란, 상처를 보듬는 애잔하면서도 감미로운 서사가 읽는 내내 가슴을 아프게 했던 기억이 난다.

작년 초 뉴욕에 기반한 원주민 문학 전문 출판사와 인연을 맺을 때도 루이스 어드리크를 떠올렸다. 그녀의 소설들을 번역가의 관점에서 꼼꼼히 읽어보니 번역가의 수고가 느껴졌다. 등장인물 사이의 복잡한 관계는 말할 것도 없고 시적인 문장들을 우리말로 옮기는 과정이 쉽지는 않았을 터. 남이 해놓은 번역을 읽는 건 쉽지만 (사실 쉽지 않지만) 내가 번역한다고 생각하면 까마득해질 때가 있다.

새로운 시도에는 새로운 앎이 수반되니, 원주민 문학을 번역하면서 나는 보편적으로 사용되는 '원주민 보호구역'

이 얼마나 백인 중심적인 용어였는지 알게 되었다. 그렇게 우리의 관심 바깥으로 밀려난 차별 용어가 얼마나 많이 존재할까. 맨해튼 최대 기념 퍼레이드가 펼쳐지는 '콜럼버스의 날' 역시 몇 년 전부터 부정적인 측면을 재평가하는 목소리가 커지면서 캘리포니아주를 시작으로 '원주민의 날'로 대체되고 있다. 사우스다코타주에서는 1989년에 이미 콜럼버스의 날을 원주민의 날로 대체했으며, 재작년 바이든 대통령은 미국 대통령 최초로 원주민의 날을 공식화했다. 백인인 콜럼버스가 원주민을 발견했다기보다는 원래부터 살던 원주민이 백인들을 '발견'한 것이니 콜럼버스의 날은 얼굴 하얀 유럽인을 미화하는 용어인 셈이다.

루이스 어드리크는 현재 고향인 미네소타에서 원주민 문학을 소개하는 책방 겸 문화 공간, 버치바크 북스 앤 네이티브 아츠BirchBark Books&Native Arts를 운영하고 있다. 자작나무 껍질을 뜻하는 버치바크는 북미 원주민들이 예로부터 여러 용도로 사용해왔다고 하니 추운 기후에도 잘 자라는 생명력 강한 자작나무처럼 쉽게 소멸하지 않을 그들의 문화를 품은 상징성 강한 이름이다. 이 공간에서 루이스 어드리크는 책을 판매할 뿐만 아니라 원주민 미술 작품도 판매한다. 지역 원주민 작가들을 지원하고 이들과의 연

서점에서 가장 깊숙이 위치한 공간은
낭독회나 토론회 장소로 이용되기도 한다.

대를 꾀하는 모습이 지금 내가 서 있는 작은 책방을 만든 이의 모습과 묘하게 겹진다. 각자의 자리에서 저만의 원을 거듭 확장해 나가 주위를 크게 품는 두 여인의 모습은 용기의 또 다른 형태다.

이제 막 문을 연 블랙 스프링 북스가 앞으로 어떠한 공간으로 거듭날지 기대된다. 위기 속에 탄생한 만큼 앞으로 그 어떠한 위기가 닥쳐도 버텨내기를 책방을 좋아하는 한 사람으로서 간절히 바란다. 한 사람의 꿈에서 시작되었지만 커뮤니티에 단단히 뿌리내리는 책방으로 성장하기를, 우리가 물려받은 유산을 후세대에 잘 전달하는 가교로 꿋꿋이 남기를 진심으로 바란다.

다음에 가면 그녀에게 위트 앤 시니컬이나 책방 이듬처럼 시인들이 운영하는 한국 서점 이야기도 해줘야겠다. 그러고 보니 나선형 계단을 통해 올라가야만 나타나는 책방 이듬과 두리번거리며 찾게 되는 블랙 스프링 북스는 어딘가 비슷하다. 그곳을 찾는 고객들의 표정도 비슷하지 않을까. 집으로 돌아와 주인장의 색깔이 그대로 녹아든 블랙 앤 화이트 톤의 홈페이지에 접속했다. 그리고 이 문장을 만났다.

"충분히 오래 기다리면 모든 책은 유용해진다If you wait

long enough every book becomes useful."

어디선가 푹 끓인 사골곰탕 냄새가 나는 것만 같다. 마녀 같은 주인장이 뒤뜰 한구석에서 수프를 끓이고 있나.

"블랙 스프링 북스는 중고 책방이자 자칭 문학 소설 클럽입니다. 중고 서적을 판매하며 주로 초판본과 희귀본을 취급하죠. 무슨 책을 찾는지 모르겠지만 무언가를 찾고 있다면 이곳은 당신을 위한 곳입니다."

의미심장한 문장들이 나를 더욱 홀린다. 헌책방을 방문하는 이들은 자신도 무슨 책을 찾는지 모른 채 무언가를 찾지 않던가. 기부도 받는다고 하니 다음번에는 한국 시집을 몇 권 들고 찾아가 볼까 한다. 시를 잘 모르는 나일지언정 그녀에게 더 잘 설명해주기 위해서라도 조금 더 애정을 갖고 시를 읽게 되지 않을까. 그렇게 시작되는 읽기도 있는 법이니.

" 팬데믹 가운데 책방을 열 줄은 상상도 못 했지만
제가 할 수 있는 가장 의미 있는 일이었다고 생각해요.
우리가 물려받은 전통을 계속 이어 나가는 건
우리 그리고 미래 세대에게 달렸으니까요. "

블랙 스프링 북스Black Spring Books

주소: 672 Driggs Ave, Brooklyn, NY, 11211

홈페이지: blackspringbookstore.com

운영 시간: 오후 1시~8시(목-토), 오후 1시~7시(일), 월·화·수는 휴무

11장

커피를 마시며 책을 읽고 싶은 날에는,

베터 리드 댄 데드 Better Read Than Dead

브루클린은 명실공히 작가들의 도시다. 맨해튼의 비싼 물가를 감당 못 한 작가들이 이주하면서 시작된 변화지만, 이제는 작가나 작가 지망생은 물론 센터 포 픽션 같은 문화시설도 작가들이 많이 사는 브루클린으로 이동한다. 2018년 브루클린으로 이사해 처음 정착한 집을 떠올리면 윗집에는 작가 겸 정원사, 옆집에는 염혜원 그림책 작가가 살았으니 글도 쓰고 번역도 하는 나까지 합치면 반경 10미터 내에 작가 세 명이 살았던 셈이다. 내가 비로소 브루클린에 왔다는 걸 실감한 순간이었다.

작가들의 동네 브루클린의 동네책방에서 처음 구입한 책은 베티 스미스의 『나를 있게 한 모든 것들』이었다. 브루클린의 어느 책방에 가도 볼 수 있던 이 책의 원제는 'A Tree Grows in Brooklyn'이다. 자그마치 1943년에 쓰인 이 책은 브루클린 빈민가에 사는 아일랜드계 이민 가족의 이야기이자 가난한 유년기를 겪은 주인공 프랜시의 성장 이야기로 반자전적 소설이다.

브루클린에는 이처럼 자신의 유년기 경험을 작품에 녹여낸 소설가가 많다. 『꿈꾸는 갈색 소녀Brown Girl Dreaming』, 『네가 살며시 다가와 준다면If You Come Softly』 같은 청소년 소설은 물론 『덜 익은 마음』, 『또 다른 브루클린』 같은 성인 소설로도 유명한 재클린 우드슨도 그런 작가 중 한 명이다. 그녀가 자란 동네는 부시윅으로 윌리엄스버그나 덤보처럼 한국인들에게 잘 알려진 관광지는 아니다. 노동자 계층이 주로 거주하는 이 동네에는 2012년에 몰라시스 북스Molasses Books와 휴먼 릴레이션스Human Relations가, 2014년에 베터 리드 댄 데드가 차례로 문을 열기까지 책방이 한 군데도 없었다.

브루클린은 맨해튼에 비해 땅덩이가 큰 데다 잘 모르는 동네는 위험하다는 편견 때문에 자주 찾지 않는데 나에게는 부시윅이라는 동네가 그랬다. 지인이 살고 있어 딱 한 번 가본 게 전부인 동네, 그마저도 왠지 모르게 험상궂은 인상을 풍기는 동네였다. 그 동네에 베터 리드 댄 데드라는 인상적인 이름의 헌책방이 있다기에 한번 가볼까 생각하고 있던 참이었다. 미루고 미루던 내가 결국 발걸음을 떼게 된 것은 그곳에서 커피를 판다는 소문 때문이었다. 내가 아는 브루클린 동네책방들은 대부분 커피를 팔지 않는데, 거기는 무슨 배짱으로 커피까지 팔고 그런담, 하는 궁금증이 일었다.

커피를 판다면 자고로 혼자 가야지. 오늘은 책방 메이트인 아이에게 비밀로 하고 혼자 길을 나섰다. 알아본 바

BOOK ROW
NIHIL
EVERY FRIDAY
ERIS
LOST?
TIRED?
CONFUSED?
READ
KNOWLEDGE IS

에 따르면 이 책방은 2014년에 본점을 열고 같은 해에 인근 커피숍과 협력해 분점을 열었다고 한다. 우선 본점에 들러 책을 사고 분점에 들러 커피를 마신다는 치밀한(?) 계획을 세운 뒤 지하철에 올랐다.

부시윅에 다다르자 진한 대마 향이 콧속으로 훅 달려든다. 브루클린 곳곳에서 풍기는 대마 냄새에 익숙할 때도 되었건만 유독 진한 향이 이동하는 내내 나를 따라와 머리가 살짝 아프기까지 하다. 책방 앞에 도착하자 사진으로 봤던 그 골목이 눈앞에 나타난다. 정면에 'BOOK ROW'라는 간판이 붙은 가건물 앞에 카트가 두 대 놓여 있다. 원하는 만큼 비용을 지불하면 되는 책들이 꽂힌 착한 카트다. 그 옆 매대 위에 누운 책들을 쓱 훑어보니 니콜 크라우스의 『남자가 된다는 것』 옆으로 커트 보니것의 장편소설 『고양이 요람』이 보인다.

심상치 않은 골목 분위기에 일단 가게 밖에서 최대한 어슬렁거린다. 책방 맞은편을 비롯해 골목을 따라 자리한 상점들에서는 난생처음 보는 앨범과 해골 장식품 따위를 팔고 있다. 검은색으로 쫙 빼입고 징이 박힌 가죽 재킷을 걸친 판매상들 역시 남모를 포스를 풍겨 사진 찍는 손에 긴장이 실린다. 내가 평소에 즐겨 찾는 책방들과는 확실히 다른 분위기에 괜히 에헴, 헛기침을 한번 한 뒤 간판조차 안 달린 책방 안으로 발을 디뎠다.

제대로 된 건물이라 할 수 없는 이 자그마한 공간 곳곳에 책들이 나름대로 분류된 채 꽂혀 있다. 돌고 말고 할 것도 없이 한눈에 다 들어오는 자그마한 책방. 옆에서 책 정리를 하는 남자에게 다가가 물었더니 베터 리드 댄 데드를 운영하는 사람이란다. 책방 주인은 아니지만 8년째 운영한다니 문을 열었을 때부터 함께한 셈이다. 그의 이름은 그리핀. 그에게 이 책방을 한마디로 정의한다면? 물으니 곧바로 답한다.

"반체제 문화죠."

개인이 주장하고 싶은 내용으로 자비출판한 진zine이 한쪽에 잔뜩 쌓인 모습이나 책방이 자리한 위치만 봐도 알 것 같았다. 그 밖에도 시를 위주로 운영한다고. 대화를 나누던 도중 그가 안쪽을 가리킨다.

"처음에는 저기 밖에 없었어요. 그러다가 책이 많아지면서 점차 확장했죠."

그가 가리킨 곳으로 가보니 버스 정류소나 지하철 정거장 근처에 있는 자그마한 판매점보다도 작은 공간이다. 지금은 오래전에 출간된 소설들을 주로 전시하고 있다고 한

간판도 없는 건물에 붙은
해골 그림이 책방 분위기를 말해준다.
가판대에는 익숙한 책과
처음 보는 책이 고루 섞여 있다.

다. 코로나 당시의 상황을 물었더니 코로나가 한창일 때 문을 닫았고, 또 2차 웨이브가 있던 얼마 전까지도 문을 닫았단다. 문을 다시 연 지 몇 개월밖에 되지 않았다고. 게다가 겨울에는 단열이 되지 않는 가건물의 특성상 문을 열기가 쉽지 않다고 한다.

내가 번역가라고 소개하니 그리핀은 자신도 부업으로 스페인어와 영어 번역을 한다며 반가워한다. 그에게 브루클린에 관한 책 한 권을 추천해달라고 했다. 그라면, 이 책방에서라면 그동안 다른 책방들에서 만나지 못했던 책을 만날 수 있을 듯해 두근두근 기대하고 있는데 오래된 소설을 보관한다는 자그마한 공간으로 들어간 그가 잠시 후 갈색 책 한 권을 들고 나타났다.

그의 손에 보물처럼 들린 책은 헨리 로스의 『잠이라 부르자Call it Sleep』다. 뉴욕 슬럼가에 살던 유대인 소년의 성장 이야기란다. 내가 성장소설을 좋아하는 줄 어떻게 알고. 그런데 그가 흥분한 목소리로 전하는 스토리가 더 마음에 든다. 1934년에 출간된 『잠이라 부르자』는 제임스 조이스의 작품을 떠올리게 한다며 여러 매체에서 극찬을 받았음에도 판매 부수는 저조했다. 결국 책은 절판되고 저자인 헨리 로스는 시골로 들어가 농부로 살아가는데, 그로부터 자그마치 30년 뒤 <뉴욕타임스> 북리뷰 전면에 소개되면서 1만 부가 넘게 팔렸다. 현재는 <타임지> 선정 '1923년 이후 가장 훌륭한 100대 영미 소설'에도 올랐다. 저자는 그 후 여러 권의 소설을 더 출간하지만 그리핀은 이 책이 가장 좋다며 적극 추천한다. 모든 것이 빠르게 순환하는 시대에 소설에서나 일어날 법한 이야기를 듣고 나니 시간의 흔적을 고스란히 품고 있는 누런 종이 한 장 한 장이 새삼 다르게 보인다.

그가 건넨 책을 받아 든 순간 살짝 경탄했다. 모서리가 둥그스름한 게 우리가 아는 책과는 모양새부터가 다르다. 당시 정가는 95센트, 지금 판매하는 가격은 단돈 3달러다. 그에게 이야기 값까지 합쳐 감사의 뜻으로 10달러를 건넨 뒤 책방을 나섰다. 책방에서 하루를 보내는 이에게서 나에게로 전달된 이야기를 소중히 받아 든 채. 밖은 여전히 대마 냄새가 풍긴다. 불안한 몸짓으로 근처를 서성이는 남자를 재빨리 지나쳐 벌리 커피 앤 베터 리드 댄 데드 Burly Coffee & Better Read Than Dead로 발걸음을 재촉했다.

저 멀리 보이는 커피숍 겸 책방은 조금 전에 들린 헌책방과는 달리 외관이 산뜻하다. 깔끔한 벽돌 벽에 책방보다는 커피숍에 어울리는 간판이 달려 있다. 그 안에 발을

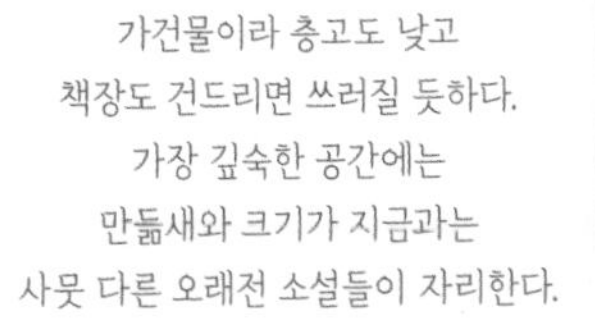

가건물이라 층고도 낮고
책장도 건드리면 쓰러질 듯하다.
가장 깊숙한 공간에는
만듦새와 크기가 지금과는
사뭇 다른 오래전 소설들이 자리한다.

책방보다는 커피숍에 가까운 벌리 커피 앤 베터 리드 댄 데드의 외관.
간판에도 책보다는 커피가 먼저다.

딛자마자 감각적인 인테리어에 한 번 놀라고 진열된 책들의 퀄리티에 또 한 번 놀란다. 문학, 철학, 심리학, 종교, 정치, 음악, 역사, 영화, 자서전 등 다양한 장르의 중고 서적이 책방 곳곳을 채운다. 혹시나 하고 봤더니 한쪽 구석에 앙증맞은 보라색 의자와 함께 아동 도서도 제법 쌓여 있다. 문학 서가에 가니 버지니아 울프, 무라카미 하루키, 오스카 와일드, 토니 모리슨, 제이디 스미스 등등 다양한 작가의 책들 사이로 권여선 작가의 『레몬』이 보인다. 얼마 전에 파워하우스 아레나에서 봤던 샛노란 표지가 단번에 내 눈을 사로잡는다.

하지만 오늘 나의 관심을 끈 책은 비비안 마이어의 자서전 『비비안 마이어: 사진가의 삶과 내세ViVian Maier: A Photographer's Life and Afterlife』다. '이번 주의 책'인지 잘 보이는 선반에 전시되어 있다. 비비안 마이어는 비밀스러운 삶을 살았다고 알려져 있다. 40년 동안 30만 장에 이르는 필름을 완성했지만 누구에게도 보여주지 않은 채 생을 마감한 그녀. 2007년 부동산 중개업자이자 길거리 사진가인 존 말루프가 우연히 시카고 벼룩시장에서 그녀의 사진을 구입하면서 이 사진들은 세상에 공개된다. 하지만 보모, 가정부, 간병인으로 일하며 칠십 대까지 수십만 장의 사진을 찍었다는 사실 외엔 그녀에 대해 밝혀진 바가 거의 없었다. 한국에서 출간된 『비비안 마이어: 나는 카메라다』 역시 그녀를 미스터리한 인물로 그릴 뿐이다.

반면 『비비안 마이어: 사진가의 삶과 내세』에서 저자 파멜라 바노스는 그녀를 둘러싼 미신을 파헤친다. 저자는 비비안 마이어는 사진작가를 부업으로 한 보모가 아니라 보모로 생업을 이어간 사진작가였다고 주장한다. 낯선 이들, 주로 그녀의 작품으로 이익을 취하는 남자들이 만들어낸 미신 앞에 그녀의 진짜 삶을 들이댄다. 저자는 자신의 작품이 공개되기를 바라지 않은 비비안 마이어의 바람과는 달리 오늘날 그녀의 작품이 전 세계적으로 유명해져버린 현상에 대해서도 언급한다. 작가의 의도가 어떻게 왜곡될 수 있는지를. 저자는 생존하지 않는다고 알려진 비비안 마이어의 가족에 대해서도 밝힌다. 신화보다도 더 매력적인 진실이 담겨 있는 책이다.

비비안 마이어는 뉴욕 브롱스에서 태어났지만 아버지가 집을 나간 후 어머니와 함께 프랑스에서 지내다가 홀로 다시 뉴욕으로 돌아온다. 그렇게 돌아와 카메라를 집어든 그녀의 사진 속에는 1950년대부터 1980년대까지 뉴욕 거리와 그곳의 일상, 사람들의 모습이 생생히 담겨 있다. 그녀는 여성과 어린이를 자주 찍었다. 가난한 할머니, 도도하게 카메라를 응시하는 여자아이는 물론 자기 자신을, 특히 자신의 그림자를 찍었다. 이 사진들을 보고 있으면 같은 여성을 향한 비비안 마이어의 관심과 애정이 느껴진다. 남자들의 시선이 낳은 오해로 점철된 비비안의 삶을 비비안의 시선으로 바로잡았다는 점에서 이 책은 더욱 의미가 있다.

책에 푹 빠져 기능을 잠시 잃고 있던 청각과 후각이 커피콩을 가는 드르륵 소리와 방금 내린 커피 향에 훅 살아난다. 조금 전까지 맡은 대마 냄새를 정화시켜줄 것만 같은 고소한 향이다. 그 향에 이끌려 들고 있던 책을 내려놓고 커피를 주문하러 갔다. 내가 주문한 라테에 하트를 예쁘게 그려주는 그에게 혹시 주인장인지 물었더니 절반만half-owner, 이라는 답이 돌아온다. 그러면서 자신은 커피숍만 소유하고 있다고 덧붙인다. 내가 스토리를 알고 왔다고 하니 반가워하며 본점은 다른 곳에 있다고 친절히 설명해준다. 책방과 함께하는 것이 커피 판매에 도움이 되냐는 질문에 곧바로 물론, 이라는 답이 돌아온다.

"인근에 책방이 전혀 없기 때문에 동네 사람들이 정말 좋아해요. 저희 책방은 신간이 아니라 헌책을 자산으로 삼아 큐레이션된 책을 판매합니다. 공항에서처럼 신간을 잔뜩 쌓아 놓고 파는 곳과는 다르죠. 전부 시간을 견딘 책들이에요. 헌책에 새로운 생명을 부여하는 곳이죠. 책과 커피는 정말 잘 어울려요. 둘 다 편안하게 즐길 수 있죠. 보는 사람에 따라 이 공간은 커피를 파는 책방이 될 수도, 책을 파는 커피숍이 될 수도 있어요."

그에게 이메일 주소를 부탁했더니 창고에서 필통을 들고 와 연필을 꺼낸다. 필통을 보는 순간 아 이 남자 덩치에 안 어울리게 귀엽잖아, 생각했는데 그가 그 안에서 꺼낸 물건은 자그마치 핑크색 블랙윙 연필이다. 처음 보는 색인 데다 그와 은근히 어울려서 피식 웃음이 나온다. 내가 연필을 가리키니 5년 전에 출시된 거라며 자랑스럽게 연필 자랑을 늘어놓는 그. 사진을 찍어도 되냐고 하니까 수줍게 웃는다. 아차, 마스크를 벗으라고 한 다음에 찍을걸, 나오고 나서 후회했다.

2012년 네 명의 서적상(데이비드 모스, 매트 디안젤로, 데이비드 로빈슨, 해들리 기토)이 지하철 L역 모르건 에비뉴 바로 앞 길거리에서 헌책을 팔았다. 그들은 책을 좋아한 데나

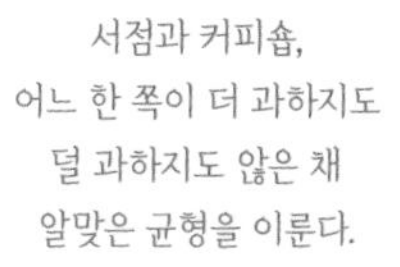

서점과 커피숍,
어느 한 쪽이 더 과하지도
덜 과하지도 않은 채
알맞은 균형을 이룬다.

헌책 판매는 경제적인 이점이 많았다. 길거리에서 책을 파는 데 사업허가증은 필요 없었고 헌책은 새 책보다 저렴했다. 하지만 헌책을 판 데에는 감정적인 이유도 있었다. 그들은 인쇄 역사와 다양한 판본을 알아가고 공부하는 걸 좋아했다. 헌책에는 새 책에는 없는 정서, 시간을 이겨냈다는 기특함이 있다고 생각했다. 그런데 커피 사업과의 합작은 누구의 아이디어였을까? 한국 동네책방들처럼 궁여지책으로 커피를 팔기 시작했을지 궁금했다.

"원래는 길거리에서 책을 팔았어요. 그러다가 2년 후 연중무휴 책을 팔고 싶어져서 아예 책방을 열어야겠다고 생각했죠. 그래서 베드포드 스튜이버선트와 부시윅 경계에 자리한 지금의 위치에 작은 책방을 열었어요. 그러다 책장에 책이 넘쳐나자 사업을 확장하고 싶어졌죠. 다행히 확장 계획이 있던 게 우리만이 아니었어요. 인근의 벌리 커피 역시 비슷한 생각을 하고 있음을 지인을 통해 알게 되었어요. 그들 역시 분점을 내고 싶어 했고 가능하면 다른 사업과 연계하고 싶어 했죠. 그렇게 새로운 파트너십이 탄생한 거예요."

네 명의 서적상 중 한 명인 데이비드 모스에 따르면, 커피 산업으로 확장했다기보다는 본점은 그대로 유지한 채 커피숍과 파트너십을 체결하는 새로운 시도였다. 각자 잘하는 일에 집중해 시너지를 추구한 점이 마음에 들었다. 데이비드는 사람들이 커피를 마시며 책을 보는 모습을 상상했다는데, 손님이 커피를 마신다는 핑계로 죽치고 앉아 있을까 봐 걱정되지 않았을까.

"커피와 책은 둘 다 편안하게 즐길 수 있는 물건이고 또 이동 중에 즐길 수 있는 물건이잖아요. 커피와 책을 같이 판매함으로써 출근길엔 활기를, 혼잡한 퇴근길엔 약간의 위안을 주자 싶었죠. 그래서 유동 인구가 많은 거리 한가운데에 책방을 연 거예요. 이곳은 노트북을 들고 와 죽치고 앉아 있는 곳이라기보다는 커피를 사서 금방 떠나는 곳에 가까워요."

이 커피숍 겸 책방에는 창가를 바라보고 앉는 좌석 세 개와 푹신한 가죽 소파가 있다. 한가운데 놓인 가죽 소파는 주인의 시선이 바로 꽂히는 곳이라 앉기 다소 부담스러워 창가가 내다보이는 바 스툴 위에 잠시 엉덩이를 걸쳤다. 주말이라 그런지 사람이 많지는 않았다. 커피를 사서 금방 나가지 않아도 될 것 같다. 건너편에 흑인 할아버지 몇 명이 벼룩시장이라도 연 모양이다. 노래인지 고함인지 알 수 없는 소리가 조용한 책방 안으로까지 흘러 들어온다.

부시윅 인구는 아직까지 절반 이상이 히스패닉이지만 2000년에서 2018년 사이 비히스패닉 인구가 급증했다. 백인 인구가 20퍼센트 증가하면서 히스패닉과 흑인들이 쫓겨나기 시작했다는데, 인근의 윌리엄스버그는 물론 브루클린의 수많은 지역이 겪는 젠트리피케이션을 이 동네도 피할 수 없었다. 때문에 오랫동안 살던 사람들을 위한 공간이 절실해지자 부시윅 최초의 이중 언어 책방, 밀 먼도스 북스Mill Mundos Books가 2018년 문을 열었다. 새로운 인구의 유입은 이 동네가 활성화되는 데에는 일조했지만 흑인과 히스패닉, 원주민들이 자신의 정체성에 관한 대화를 자유롭게 나눌 수 있는 공간은 부족했다. 영어책과 스페인어책이 나란히 놓인 밀 먼도스 북스는 이제 커뮤니티 센터이자 교육 공간으로도 한몫하고 있다.

밀 먼도스 북스 이야기를 접하자 한국어책과 영어책을 함께 팔면 어떨까 싶은 나의 소박한 꿈이 생각났다. 하지만 학교 공지문은 물론 홈페이지에도 함께 제공되는 스페인어와 한국어의 위상은 달라도 너무 다르다. 브루클린에서 한국어를 사용하는 사람의 비율이 얼마나 될까, 게다가 그중 책을 가까이하는 사람이 얼마나 될까. BTS 덕분에 브루클린에서 운영되는 한글학교의 인기가 치솟고 있다지만 책방을 먹여 살릴 만큼은 아니겠지. 역시 무모한 꿈일까. 로또에나 당첨되어야 가능한?

괜한 몽상에서 벗어나 느릿느릿 의자에서 엉덩이를 떼었다. 역시 책방은 몽상에 빠지기에 좋은 곳이다. 그런데 커피 맛이 생각보다 훌륭하다. 책을 보러 가는 것이지 커피를 마시러 가는 건 아니라고 생각했는데 어째 집에 돌아가면 여기 커피 맛이 생각날 것만 같다. 두 사업의 파트너십이 성공한 셈이다. 어느 한쪽이 다른 한쪽을 업고 가는 꼴이 아니니 말이다.

계산기를 두드린 뒤 마련한 궁여지책과 각자가 잘하는 것을 단지 '함께'하는 전략은 확실히 다르다. 주간에는 커피와 차를 팔고 야간에는 술을 파는 한국의 에디토리얼 카페, 비플러스 역시 화려한 인테리어나 좋은 입지만을 내걸기보다는 카페로 승부를 했기 때문에 북카페로서도 살아남을 수 있었다고 한다. 김진아 대표는 책을 공유할 공간이 필요해서 카페를 열었는데 열고 보니 카페가 전문직이었다는 고백 아닌 고백을 한다. 카페를 카페답게 운영하는 데 3년이 걸렸다고. 그만한 투자를 할 여력이 되지 않는 책방이라면 베터 리드 댄 데드처럼 전문 커피숍과의 제휴를 고려해보는 편도 좋지 않을까.

커피 향을 머리카락에 묻히고 돌아오니 아이가 묻는다.

"엄마, 어디 갔다 왔어?"

"응? 책방."

"나는?"

자기를 두고 다녀온 걸 알아챈 아이가 섭섭한 내색을 비친다. 아이가 커피 맛을 아는 나이가 되려면 얼마나 더 기다려야 할까. 한국에는 낮에는 책방이었다가 밤이 되면 술집으로 변신하는 다시서점, 책과 재즈와 술이 함께하는 책바Bar라는 곳도 있던데, 아이와 함께 갈 순 없겠지. 그곳에서는 책 읽는 맛이 다를 것만 같아 궁금해지려는 찰나, 베터 리드 댄 데드에서 멀지 않은 몰라시스 북스에서 술도 판다는 사실을 알게 되었다. 멀게만 느껴졌던 부시윅과 나 사이의 거리가 몇 뼘 가까워진다. 앞으로 왠지 자주 가게 될 것 같다. 절대 술 때문이 아니라곤 말 못 하겠다.

“ 커피와 책은 둘 다 편안하게 즐길 수 있는 물건이고
또 이동 중에 즐길 수 있는 물건이잖아요.
커피와 책을 같이 판매함으로써 출근길엔 활기를,
혼잡한 퇴근길엔 약간의 위안을 주자 싶었죠. ”

베터 리드 댄 데드Better Read Than Dead

주소: 867 Broadway, Brooklyn, NY 11206

홈페이지: betterreadthandeadbooks.com

운영 시간: 오후 1시~7시(목-일), 월·화·수는 휴무

오늘도 나는 동네책방에 갑니다

이 책을 마무리할 무렵, 숀 비텔의 『귀한 서점에 누추하신 분이』를 번역했다. 숀 비텔은 서점 주인이 어떻게 그 자리에 있게 되었는지는 아무도 모른다며, 아마 자신도 모르는 사이 전 주인에게서 서점을 인수했으리라 말한다. 하지만 내가 만난 동네책방 주인들의 얘기는 달랐다.

그들은 적극적으로 우연을 찾아 나섰다. 직접 역사를 쓰고 자신이 원하는 책들로 서점 책장을 조금씩 메워 나갔다. 맥널리 잭슨, 그린라이트 북스토어는 그렇게 빛을 보았다. 동네에 책방이 사라지면 안 된다는 공통된 마음으로 테라스 북스, 북스 아 매직이 탄생했다. 코로나 위기 한가운데서 용기를 낸 누군가가 있었기에 블랙 스프링 북스가 문을 열 수 있었다. 지금 이 순간에도 또 누군가가 새로운 도전을 할지 모를 일이다.

브루클린 동네책방들의 숨겨진 스토리를 알아가다 보니, 언젠가 책방을 열고 싶다며 쉽게 말하고 다닌 나의 얄팍한 꿈이 부끄러워졌다. 책방을 여는 일은 생각보다 쉬울지 모르지만 책방 문을 열린 상태로 계속 유지하는 건 쉽지 않다. 수익을 내기 위한 보이지 않는 노동이 끝도 없이 이어져야 한다. 이 무거운 현실을 등에 진 동네책방 주인들에게 진심으로 경의를 표한다.

유독 생존 전략이라는 언어를 들이대야 하는 책방 산업의 현실은 무겁다. 맛집에 붙는 대박 전략이 책방 앞에 붙는 날은 올 수 없을까? '대박이 나는 책방'은 형용모순이 될 수밖에 없을까? 생존 전략을 묻는 나의 무거운 질문에 돌아온 대답은 책을 향한 사람들의 사랑이었다. 책방 주인들은 하나같이 책의 필요성, 책방의 필요성이라는 변치 않는 가치를 언급하며 환하게 웃었다.

장강명 작가가 꿈꾸는 '책이 중심에 있는 사회'가 생각났다. 짧고 명쾌한 설명과 즉각적인 설명을 원하는 세상에서 먼 길로 돌아가기를 권하는 세상, 생각이 퍼지는 속도보다 생각의 깊이와 질을 따지는 세상, 나도 그런 세상을 조용히 꿈꾼다. 책이란 한 번 좋아하고 나면 멀리하지 않는 물건이므로 잠재적 독자가 넘쳐나는 한, 언젠가 그러한 세상이 도래하지 않을까? 순진한 희망이라 해도 어쩔 수 없다.

동네책방을 완성하는 건 사람이라는 사실을 다시 깨달은 지금, 느낀 점이 또 하나 있다. 4년이라는 짧고도 긴 시간 동안 관찰한 바 브루클린 사람들은 책이 지닌 복잡한 속성을 단순하게 바꾸는 법을 알았다. 이곳에서는 책이라는 물건이 무겁게 느껴지지 않는다. 거리 곳곳, 집 앞 계단마다 '무료'라고 써놓은 책들이 널려 있고 우체통 모양 무료 라이브러리를 열어보면 먹을거리와 함께 책이 잔뜩 들어 있다. 너덜너덜한 실용서와 만화책도 있고 그림책도 있다. 무게가 한껏 덜어진 책들은 일상의 사물로 자연스럽게 자리한다. 이 동네 사람들에게 책은 음식과 그리 다른 존재가 아닌 듯하다.

어린 시절, 동네마다 서점이 하나씩은 있었다. 필요한 책이나 문제집 혹은 참고서만 금방 사서 나오던 편리한 장소였다. 이제 그런 서점은 문을 닫은 지 오래고 서점 주인의 개성에 따라 꾸민 동네책방이 그 자리를 대신하고 있다. 내가 어렸을 때도 그런 동네책방이 있었다면 어린 시절의 나는 조금 더 폭넓은 사고를 접하고 다양한 상상의 나래를 펼치며 컸을까. 이동식 책방과 책 대여점만으로도 충분히 달콤했던 시절이었지만, 취향이 뚜렷한 책방 주인이 추천하는 책들을 읽으며 자랐다면 나의 인생 경로가 지금과는 살짝 달라졌겠지 싶다.

정혜윤 작가는 『슬픈 세상의 기쁜 말』에서 "우리 존재는 우리가 무엇을 하느냐만큼이나 우리가 무슨 이야기를 들었고 무엇을 상상하느냐에도 달려 있다"고 했다. 책방만큼 이야기로 가득한 공간이 또 어디 있을까. 한 권 한 권이 간직한 이야기만 말하는 게 아니다. 그 공간을 찾아감으로써 일어나는 이야기, 그곳에 가지 않았더라면 혹은 그곳에서 책을 사지 않았더라면 존재하지 않을 이야기도 있다. 동네책방은 그런 곳이다. 이야기가 피어나고, 상상이 펼쳐지고, 거기서 거기인 하루에 달콤한 아이싱 하나를 얹을 수 있는 곳이다.

덧붙이자면 코로나 시대의 동네책방은 나에게 꿈꿀 수 있는 공간으로 다가왔다. 가족들의 욕망이 분출하는 좁은 집에서 벗어나 남의 서재인 책방에 들어서는 순간,

나는 정신적으로나마 '자기만의 방'을 누릴 수 있었다. 그렇게 쉽게 나만의 방을 잠시나마 누릴 수 있음을 동네책방 나들이를 통해 알아버렸다.

여기에는 하나의 부작용이 수반되었으니 브루클린 동네책방들을 알아가면 갈수록 한국 동네책방들이 무지 가고 싶어졌다. 열네 시간이라는 시차를 무시한 채 한걸음에 달려가 두 팔 가득 책을 사 오고 싶어졌다. 한국에 못 들어간 지 4년이 넘었으니 다음번에 한국에 가면 동네책방에서 산 책들로 트렁크를 한가득 채워 올지도 모르겠다. 그때도 아이가 나의 책방 나들이 친구가 되어줄까. 이곳 책방보다 훨씬 더 다채로울 한국 동네책방에서 눈이 휘둥그레질 아이의 모습이 벌써부터 기대된다.

책을 완성하고 보니 한 시절의 이야기가 되어버릴지도 몰라 우려되지만 우리에게는 그러한 기록도 필요한 법이다. 우리는 큰 이야기에 반응하고 작은 이야기에 공감하지 않던가. 책방에서 우리가 듣고 말하게 되는 작은 이야기가 우리의 삶을 풍성하게 만드는 것처럼 나의 이야기 또한 누군가의 삶에 작은 환기가 되었기를 바란다. 나의 욕망에서 시작된 이 이야기가 누군가의 손을 맞잡는 작은 시도가 되어 새로운 이야기로 피어나기를 기대하며 오늘도 책방에 갈까 한다.

2022년 9월

이지민

브루클린
책 방 은
커 피 를
팔 지
않 는 다

초판 1쇄 2022년 9월 26일
초판 2쇄 2022년 12월 31일

지은이 이지민
펴낸이 이정화

펴낸곳 정은문고
등록번호 제2009-00047호 2005년 12월 27일
주소 서울시 마포구 동교로13길 60 503호
전화 02-3444-0223
팩스 0303-3448-0224
이메일 jungeunbooks@naver.com
페이스북 facebook.com/jungeunbooks
블로그 blog.naver.com/jungeunbooks

ISBN 979-11-85153-53-7 03810

이 도서는 한국출판문화산업진흥원의 '2022년 중소출판사 출판콘텐츠 창작 지원 사업'의 일환으로 국민체육진흥기금을 지원받아 제작되었습니다.